COSÌ MI SCIOLGO

IL FUOCO DELLA PASSIONE

J.H. CROIX

Questo libro è un'opera di finzione. I nomi, i personaggi, le organizzazioni, luoghi ed episodi descritti sono frutto dell'immaginazione dell'autore e sono utilizzati in modo fittizio. Qualsiasi somiglianza con persone reali viventi o defunte, o eventi è puramente casuale.

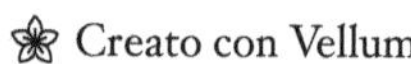 Creato con Vellum

Capitolo Uno

MAX

Chissà come, ma da semplice invitato alle nozze di amici ero diventato il tassista ufficiale. Ma pensa te. L'ultimo messaggio caotico della sposa mi avvisava che mancava soltanto una persona. Nel giro di pochi minuti, arrivai all'hotel del paesino semi-sperduto dell'Alaska. Fermo nel parcheggio, sfilai il telefono dalla tasca quando avvertii la vibrazione.

Si chiama Harlow May. Trovala!

Il messaggio era di Ivy Nash, nonché la sposa e la donna per cui Owen Manning aveva perso la testa in men che non si dica. Per quanto lo trovassi assurdo, in fondo erano davvero fatti l'uno per l'altra. Per un attimo fui quasi tentato di dirle che Harlow se n'era andata, ma non volevo rischiare di rovinare il suo gran giorno.

Perfetto. A breve sarà da te.

Mi aspettavo di trovarla già fuori, essendo un'ospite così importante. E invece no. Harlow May era in ritardo.

Il cognome mi suonava familiare. Doveva essere la figlia di uno degli investitori dell'azienda di Owen, quindi conoscevo già suo padre tramite alcune relazioni di affari. Io e Owen ci eravamo conosciuti qualche anno prima al MIT, l'Istituto di Tecnologia del Massachusetts, e non ci eravamo più persi di vista. Dopo gli studi aveva fondato la *Off the Grid,* una società di ingegneria multimilionaria di fama mondiale, con sede nel posto più sperduto che potesse trovare in Alaska.

Rimasi in attesa per qualche minuto, ma alla fine decisi di entrare nella lobby per cercare Harlow. Le nozze si sarebbero svolte in cima a una montagna, al Last Frontier Lodge. Non avendo trovato abbastanza stanze disponibili per tutti gli invitati, gli sposi avevano dovuto fare affidamento su quell'hotel. Un attimo prima che potessi rivolgermi alla reception, una ragazza uscì di corsa da un ascensore.

Nel giro di neanche un millisecondo, rimasi completamente incantato e imbambolato. Aveva lunghi capelli castani, lisci e lucenti, che le arrivavano quasi alla vita, con due grandi occhi marroni. Era bella come il sole e indossava uno splendido vestito color panna in seta, che spiccava tra gli outfit sportivi degli altri ospiti come una giraffa in una stanza piena di cani.

La seguii con lo sguardo finché non si fiondò fuori, al che la seguii. La raggiunsi con qualche falcata, lo sguardo fisso sul movimento sinuoso delle sue anche. Curve da capogiro riempivano alla perfezione il vestito di seta. Il tessuto terminava in una balza appena sopra le ginocchia, abbracciava i fianchi come un guanto e si stringeva alla vita, allargandosi di nuovo sul seno.

Varcai la porta e le andai incontro. "Harlow May?" le domandai, il corpo rigido per la vicinanza.

I suoi occhi color espresso schizzarono nei miei. "Sì. Sei l'autista?"

Trattenni una risata. "Devi andare al matrimonio di Owen e Ivy, giusto?"

Prese una ciocca di capelli e cominciò ad arrotolarsela tra le dita, un gesto che risvegliò subito i miei istinti più primordiali. Provai l'impulso di infilare una mano tra i lunghi capelli e scompigliarli, ma grazie al cielo riuscii a trattenermi. Quando lei annuì, le indicai la macchina che mi aveva prestato Owen, un SUV elettrico ultramoderno dotato di tutti i comfort possibili e immaginabili. Era come se avessi preso in prestito la sua vita di lusso.

"Sono in ritardo?" mi domandò Harlow, avvicinandosi al SUV.

Il suo profumo mi arrivò alle narici, una nota di miele e vaniglia. "Non lo so. Però sei comunque l'ultima," le risposi. Si era persa i tre viaggi programmati precedenti, ma in realtà non mi dispiaceva affatto.

Mi avvicinai ad aprirle la portiera e con la coda dell'occhio notai un leggero rossore che le tingeva le guance. Scivolò sul sedile e si mise la cintura. Poco dopo la partenza, il mio sguardo cadde distrattamente sulla morbida curva della coscia di Harlow. Quanto avrei voluto poter carezzare la seta e sentire il calore della pelle che penetrava il tessuto leggero. Era assurdo. Era da un'eternità che non provavo un simile interesse per una donna.

"Allora, Harlow, com'è che conosci gli sposi?"

La risposta in realtà la sapevo già, ma volevo provare a rompere il ghiaccio.

"Li ho conosciuti tramite mio padre, che è un investitore per la loro società. Io e Ivy siamo diventate subito molto amiche, quindi mi ha invitata al matrimonio. E poi ho sempre voluto visitare l'Alaska."

"Già, è un posto meraviglioso che va visto almeno una volta nella vita."

Mi fermai a un incrocio e voltai la testa verso Harlow, trovando il suo sguardo puntato su di me. "Non ti sei presentato, sai," mi disse.

Accavallò le gambe per qualche secondo e la tentazione di toccarla mi travolse di nuovo. Mi costrinsi a riportare lo sguardo sulla strada e superai l'incrocio, dirigendomi verso la salita tra i monti.

"Max. Max Channing."

"Sei solo l'autista o anche tu sei un invitato?"

"Sono un amico e sto facendo da autista come favore," risposi.

Per qualche assurdo motivo, non volevo rivelarle che in realtà i nostri mondi si intersecavano molto più di quanto potesse immaginare.

Arrivammo qualche minuto dopo al Last Frontier Lodge, la location spettacolare scelta da Owen e Ivy. Diamond Creek era una delle più splendide gemme costiere dell'Alaska, con i monti che si immergevano nelle onde del mare.

Scesi dall'auto e andai ad aprirle la portiera, vedendo di sfuggita della seta blu che spiccava tra le cosce. Da vero gentiluomo, non ero solito lanciare simili occhiatine furtive. Ma porca miseria, Harlow era peggio di una calamita e in quel momento di debolezza lo sguardo si era mosso da solo.

Tra tutti i fattori che avevo preso in considerazione prima di recarmi al matrimonio, dover tenere a bada le reazioni del mio corpo di fronte a una donna così attraente non era nella lista. C'era anche un piccolo problemino. Io e suo padre non andavamo molto d'accordo. Per la verità, l'ultima volta che l'avevo incrociato gli avevo dato del "coglione". E lo era davvero.

Mentre la stavo seguendo sulle scale d'ingresso, cominciai a chiedermi che lavoro facesse, ma ormai non c'era più tempo per le chiacchiere. La cerimonia sarebbe cominciata in neanche mezz'ora. Arrivati alla porta, le posai la mano sulla schiena per guidarla dentro, assaporando la piacevole sensazione di calore della seta che la abbracciava.

Non reagì minimamente al mio tocco. Superammo la lobby e il ristorante affollati, raggiungendo la terrazza sul retro. Gli ospiti stavano socializzando tra loro, mentre di Owen e Ivy non c'era neanche l'ombra. Mi voltai verso Harlow. "Vai pure a chiedere a Delia dove ti devi sedere," le dissi, indicando la responsabile del ristorante del lodge, invitata a partecipare alle nozze.

Quando lo sguardo di Harlow incrociò il mio, notai come le ciglia scure si arricciavano contro le guance. Non riuscivo a strapparle gli occhi di dosso. Un sorriso le incurvò le labbra e il desiderio irrefrenabile di baciarla mi travolse.

"In realtà sono una damigella. Grazie per il passaggio," replicò in tono delicato, prima di allontanarsi. Si avvicinò a Delia, i suoi capelli scuri assolutamente in contrasto con quelli biondo miele di lei. Si scambiarono qualche parola e poi Harlow tornò nel lodge da una porticina laterale.

Quanto avrei voluto restare lì fermo ad aspettarla, ma purtroppo anche io avevo da fare. Tornai nel lodge e trovai Owen con Derek Bridges in una delle stanze adibite a camerino. Proprio come Owen, anche Derek era un mio caro amico conosciuto all'università.

Lo sposo era poggiato alla cassettiera, vestito di tutto punto, e stava ridendo a una battuta di Derek. Appena mi notò, si voltò a guardarmi. "Hai recuperato tutti?"

"Certo che sì. Sono appena tornato con l'ultima invitata, Harlow May. È la figlia di Howard May, vero?"

Owen annuì e un sorriso gli arricciò gli angoli degli occhi azzurri. "Esatto. È molto amica di Ivy."

Derek si alzò dalla poltroncina accanto alla finestra. "Che gran peccato che Howard non sia potuto venire, eh?" chiese con un sorrisetto ironico.

"Immagino che sua figlia sia una persona più decente, se Ivy l'ha scelta come damigella."

Owen si fece una risata. "Ah, Ivy la adora. Credimi, è tutto l'opposto di suo padre. Pensa che Howard se l'è presa a morte perché si rifiuta di lavorare per lui."

Appena prima che potessi fare un'altra domanda su Harlow, perché la curiosità mi stava davvero consumando, qualcuno bussò alla porta e Garrett Hamilton sbirciò dentro, sfoderando un sorriso quando ci vide. "Mi è stato ordinato di venirvi a prendere."

In quel breve periodo passato al lodge, avevo conosciuto praticamente tutta la famiglia Hamilton. Erano i proprietari del resort sciistico, gestito principalmente dal fratello maggiore, Gage. Garret era un ex avvocato aziendale, che continuava a praticare legge anche in Alaska dopo aver mollato la sua carriera di successo a Seattle per sposare Delia.

Lanciai un'occhiata a Owen. "Sei pronto?"

Owen, con i suoi capelli corvini, gli occhi chiari come il ghiaccio e la sua calma perenne, in quel momento mi parve un poco apprensivo. Con un bel respiro profondo, si spinse via dalla cassettiera e si sistemò la cravatta, per poi raggiungermi alla porta con Derek al seguito. "Prontissimo."

Garrett era già tornato in corridoio. "Dai che ci siamo quasi," aggiunse Derek, dandogli una pacca sulla spalla. "Sei ancora in tempo per cambiare idea, se hai qualche dubbio."

Owen si fermò di colpo e si girò a guardarci. "Io non ho alcun dubbio. In realtà ho quasi paura che Ivy possa risvegliarsi all'improvviso dalla trance e rendersi conto che sta commettendo un errore. In quel caso, non saprei proprio cosa fare," disse in tono piatto.

Il suo sguardo incrociò il mio, talmente intenso da destabilizzarmi. "Tranquillo, non hai nulla di cui preoccuparti," gli risposi, istintivamente.

Un sottile velo di sollievo gli attraversò gli occhi quando si voltò dall'altra parte.

Continuammo lungo il corridoio ed entrammo sulla terrazza posteriore, che era stata trasformata per l'occasione in una cappella nuziale esterna. Mentre raggiungevo il mio posto insieme a Derek, ripensavo ai vecchi tempi, quando nessuno si sarebbe mai aspettato che uno come Owen si sarebbe mai sistemato. E invece eccolo lì, innamorato follemente di Ivy. Proprio come lui prima che la incontrasse, anche io preferivo starmene sulle mie. Non credevo neanche possibile provare emozioni così forti per qualcuno. Avevo praticamente cancellato la parola "amore" dalla mia vita.

Il pastore diede inizio alla cerimonia e mi guardai intorno. Il mio sguardo si posò ben presto su Harlow, in piedi accanto alla sposa insieme ad altre due ragazze. Bastò quell'occhiata per risvegliare il desiderio. Riuscivo praticamente a immaginarmi una serata passata con lei sotto le lenzuola.

Ancora non ero riuscito a metterla bene a fuoco. Era piuttosto silenziosa ed emanava un'aura di forza d'acciaio. Sentivo l'urgenza di conoscerla meglio.

Mi costrinsi a distogliere lo sguardo, puntandolo sull'orizzonte. Le cime delle montagne si ergevano tutto intorno a noi, mentre la baia di Kachemak era visibile in lontananza, con i raggi del sole che facevano brillare la superficie dell'acqua. Presi una bella boccata d'aria e riportai l'attenzione sul matrimonio del mio caro amico.

Non ero il tipo da matrimoni. Ma in fondo, quello non era un matrimonio classico: all'aperto, sulla terrazza di un lodge spettacolare, con i monti e l'oceano che fungevano da cattedrale per la cerimonia. Come una calamita, Harlow riuscì di nuovo ad attirare il mio sguardo.

Mi opposi un'altra volta alla tentazione e voltai la testa. Vedevo le relazioni come una trattativa d'affari, un semplice mezzo per soddisfare i miei bisogni. L'amore travolgente, passionale e smisurato come quello che condividevano Owen e Ivy non era fatto per me.

Capitolo Due

HARLOW

A cerimonia conclusa, il cielo cominciò ad annuvolarsi e ci spostammo tutti quanti nel lodge. Pur essendo ancora autunno, era comunque molto affollato. I turisti potevano trovarlo aperto tutti i mesi dell'anno. Mi poggiai al bancone, sorseggiando un martini al melograno. Non ero una gran bevitrice, ma un buon martini non lo rifiutavo mai. Ero già arrivata al terzo, ma non sarebbe neanche stato l'ultimo. In fondo era il matrimonio di una mia cara amica, la giornata perfetta per dimenticare tutto lo stress e lasciarsi andare.

Quando Ivy mi aveva chiesto di farle da damigella ero preoccupata soltanto che potesse esserci anche mio padre. Senza calpestare i miei sentimenti, aveva comunque insistito tanto. Non appena lui si era tirato indietro, Ivy mi aveva informata subito, facendo i salti di gioia. Era stato Owen a invitarlo, semplicemente per cortesia perché aveva investito generosamente nella loro società.

"Ma ciao!" esclamò Ivy, avvicinandosi.

Mi voltai e poggiai i fianchi contro il bancone, con un sorriso.

"Sei contenta di essere venuta?" mi chiese, fermandosi davanti a me.

Era assolutamente raggiante, con i capelli ambrati che le ricadevano sull'abito color panna. Ero davvero tanto felice per lei. Owen e Ivy erano fatti l'uno per l'altra, una di quelle coppie perfette più uniche che rare.

"Ma certo che sono contenta. E mi sa che rimango più del previsto. Voi quando partite per la luna di miele?"

Ivy si mise al mio fianco, lanciando un'occhiata a Gage Hamilton, dietro il bancone. Era il proprietario del lodge e si stava alternando al bar con suo fratello Garrett. Era un ragazzo molto affascinante, con gli occhi grigi e i capelli neri. Infatti, era anche molto sposato. Non che provassi alcun interesse.

"Dammi quello che ha preso lei," gli disse Ivy.

Le rivolse un sorriso e cominciò a preparare il drink, mentre chiacchierava con un altro ospite.

"Partiamo domani," mi rispose Ivy. "Sarebbe proprio bello se riuscissi a restare per più tempo."

"E perché? Tu te ne vai."

"Perché vorrei ti prendessi una bella pausa. Puoi stare a casa nostra, se ti va. So che non ti piacciono molto gli alberghi."

Infatti li odiavo. Beh, forse "odiare" è una parola troppo forte. Li trovavo troppo impersonali, anonimi. Avevo passato gran parte della mia infanzia a balzare da un hotel all'altro. Mia madre era morta quando ancora ero piccola e mio padre era costantemente fissato con il lavoro. Mi aveva trascinata da una parte all'altra per i suoi viaggi d'affari, lasciandomi con una sfilza di babysitter.

Lanciai un'occhiata a Ivy, che prese il bicchiere di

martini. "Davvero? Ammetto che l'idea mi piace molto."

"Ma certo. Noi stiamo via per due settimane. La casa è tutta tua, puoi restare anche quando torniamo."

Le rivolsi un sorriso, scuotendo la testa. "Magari resto davvero mentre voi siete via, ma non voglio starvi tra le scatole quando tornate dalla luna di miele."

Ivy si strinse nelle spalle. "Viviamo insieme da anni. In realtà è quasi imbarazzante aver aspettato così tanto tempo per sposarci. Senti, ma perché non ti trasferisci anche tu quassù? Dici sempre che vuoi cambiare aria, no?"

Al momento vivevo sulla costa della Carolina del Nord, dove era nata e cresciuta mia madre e dove aveva sede l'azienda di mio padre. In quell'ultimo periodo mi stava facendo molte pressioni per convincermi a lavorare per lui, nonostante i miei continui rifiuti. Come se non bastasse, avevo cominciato circa un annetto prima un qualcosa di assolutamente folle. O almeno, mio padre la vedeva così. Ero diventata un pompiere hotshot.

Sinceramente non sarebbe stato affatto male levare le tende e trasferirmi in Alaska. Avrei raggiunto la mia migliore amica e mi sarei potuta allontanare il più possibile da mio padre. Nonostante conoscessi Ivy da neanche un anno, avevamo legato molto in fretta. Per me era un rapporto molto speciale, perché viaggiando molto da bambina non ero mai riuscita a stringere delle vere amicizie. L'avevo conosciuta a un evento organizzato da mio padre e avevamo trovato subito un'ottima intesa.

Incrociai il suo sguardo e mi strinsi nelle spalle. "Vedremo. Per il momento, parlami un po' di Max."

Max, ovvero l'autista che era passato a prendermi in hotel, era riuscito a sconvolgermi lo stomaco e ad accendermi un fuoco dentro con un solo sguardo. Quell'uomo era *troppo* bello per essere vero e io ero *troppo* curiosa di conoscerlo meglio.

Sapevo che in realtà tra di noi non ci sarebbe mai potuto essere nulla, però in quel momento non mi importava. Avevo rinunciato agli uomini, ma per un motivo ben valido. Avevo un talento speciale per attirare soltanto stronzi. Mi ero fatta spezzare il cuore un'infinità di volte, finché l'ultimo ragazzo non l'aveva completamente fatto a pezzettini.

Ivy mi guardò con un luccichio negli occhi, mentre un sorrisetto malizioso le incurvava le labbra. "È proprio un figo, vero? Lui e Owen si conoscono da anni, da quando andavano all'università insieme, e..."

Si interruppe quando vide Owen avvicinarsi. Le fece scivolare un braccio attorno alla vita e le stampò un bacio tenero sul collo.

Mi si strinse il cuore. Ero davvero tanto felice per lei. Owen la amava con tutto se stesso.

"C'è il taglio della torta," le disse, sospirando.

Ivy si spinse via dal bancone. "Adesso? Ma perché i matrimoni hanno tutte queste regole?" domandò, guardandomi come se avessi la risposta.

Mi strinsi nelle spalle. "Ah, non chiederlo a me."

Owen ridacchiò. "Hanno detto che se non lo facciamo al più presto dovranno riportarla in cucina."

Li seguii e mi fermai tra la folla di ospiti radunati attorno al tavolo con la torta, cominciando quasi inconsciamente a cercare Max. Volevo sapere di più sul suo conto, ma non era affatto un buon segno. Ogni volta che mi lasciavo affascinare da un uomo, infatti, finivo col fare qualche scemenza. Neanche feci in tempo a tirare un sospiro di sollievo, che Max apparve come per magia al mio fianco.

Nonostante tutta la mia buona volontà, ogni tanto mi sfuggiva qualche occhiatina fugace. Era bello da paura, con i capelli scuri come il cielo notturno e gli occhi chiari come il ghiaccio. Avrei voluto tuffarmici dentro. In mano reggeva un bicchiere di scotch. Perfino le sue mani erano incredibilmente sexy, forti e all'apparenza un poco ruvide, con qualche callo da lavoro manuale. Immaginai quelle stesse mani sul mio corpo e una vampata di calore mi travolse.

Per distogliermi da quei pensieri inopportuni, bevvi un sorso di martini. *Grave errore.* Un bruciore diverso mi invase la gola e cominciai a tossire.

"Tutto bene?" mi domandò Max.

La sua voce profonda mi fece venire la pelle d'oca. Provai a rispondere, ma la tosse me lo impedì. Un attimo dopo, una mano calda mi scivolò lungo la schiena, lasciandosi dietro una scia infuocata sulla pelle nei punti in cui spuntava da sotto il vestito.

Un po' troppe teste si voltarono nella mia direzione, quindi Max si girò e mi portò via dalla piccola folla radunata intorno agli sposi, tornando al bar che in quel momento stava gestendo Garrett. Ci fermammo in un angolo, vicino alle finestre. Non aveva ancora rimosso la mano, che bruciava sopra la seta del vestito. Mi ci volle ancora qualche minuto per riprendermi.

Sollevai lo sguardo e trovai i suoi occhi azzurri. "Ti è andato di traverso?" mi chiese.

Con un sospiro, annuii e sentii gli occhi inumidirsi. Poggiai il bicchiere sul bancone e presi un tovagliolo per asciugare le lacrime. "Sono proprio una frana," commentai, con una risatina.

Max non disse nulla, ma un sorrisetto gli incurvò l'angolo della bocca. Oh, maledizione. Un sorriso del genere doveva essere illegale. Provai una strana fitta nel basso ventre, mentre il desiderio mi esplose nelle vene. Si voltò verso gli sposi. "Mi sa che ci siamo persi tutto il divertimento."

Mi feci una risata. "Ma no, la parte più importante è già finita."

"Tu quanto resti?" mi chiese, riportando lo sguardo su di me.

La sua domanda mi colse alla sprovvista. "Rimango in albergo fino a domani. Tu, invece?"

Fece spallucce. "Ancora non lo so. Questo posto è meraviglioso."

Mentre lo guardavo, quel maledetto del mio corpo cominciò a proiettare fantasie indecenti nel cervello. Anche il mio panorama in quel momento era meraviglioso. Ma riuscii in qualche modo a rinchiudere quei pensieri sconci in un angolino della mente e annuii educatamente. "Hai proprio ragione."

Garrett ci raggiunse da dietro il bancone. Mi trovavo lì già da due giorni e avevo conosciuto praticamente tutta la cerchia di Ivy e Owen. Avevo notato sin da subito che gli Hamilton erano tutti quanti uno più bello dell'altro. Garrett infatti non faceva eccezione, con i suoi lucenti capelli neri e gli occhi azzurri. Ci guardò entrambi, lo sguardo acuto e inquisitorio.

"Ne vuoi un altro?" mi chiese, lanciando un'occhiata al bicchiere di martini quasi vuoto.

"Sì, grazie," risposi senza la minima esitazione. Avevo bisogno di qualcosa che sciogliesse tutta la tensione che mi causava Max.

"Tu?" domandò a Max.

Scosse la testa. "Sono a posto così, grazie. Sono l'autista ufficiale, quindi devo chiudere qui."

Garrett si fece una risata e cominciò a preparare l'altro martini al melograno.

Il resto della serata fu un susseguirsi di eventi indistinti. Avevo troppo martini in circolo e mi ero scatenata sulla pista da ballo, sentendo lo sguardo ardente di Max su di me. Lo desideravo da impazzire.

Nonostante l'alcol, continuavo comunque a ripetermi che ogni volta che mi interessavo a un uomo finiva sempre male. Non ero una ragazza da rapporti occasionali. Non c'ero proprio brava.

Tendevo a innamorarmi subito, sviluppando un profondo attaccamento e un'attrazione disorientante. La psicologa a cui mi ero rivolta dopo la mia ultima relazione fallimentare mi aveva delicatamente fatto notare che forse ero alla costante ricerca di quell'affetto che non avevo mai ricevuto da mio padre.

Avevo passato la vita a cercare l'amore. Senza una figura materna al mio fianco e con un padre che mi vedeva soltanto come un peso da scaricare sulle spalle di qualcun altro, quel calore mi era sempre mancato. Di conseguenza, con gli uomini non facevo che fraintendere i segnali e i piccoli gesti.

Max era tentazione pura con i suoi capelli scuri e il viso cesellato, ma erano i suoi occhi a tenermi prigioniera. Quelle due gelide pozze azzurre parevano spogliarmi, accendendo tante piccole fiammelle su ogni punto della pelle su cui si posavano.

A un certo punto, mi ritrovai tra le sue braccia, fuori sulla terrazza. Essendo testimone e damigella, era anche normale che ci saremmo ritrovati a ballare insieme. Non conoscevo molti uomini a cui piacesse ballare, quindi Max mi stupì. Per quanto emanasse un'aura cupa e pacata, era un ottimo ballerino e riusciva a farmi volteggiare per la terrazza con incredibile disinvoltura. Sulle prime note di un lento, mi strinse a sé proprio quando avevo deciso di darmi alla fuga.

Con le fiamme di desiderio che mi scorrevano nelle vene e la piacevole sensazione del suo forte abbraccio, il mio corpo mise a tacere il cervello, perché in fondo mi meritavo qualche minuto di pace. Aveva un profumo buonissimo, fresco e muschiato. Ero molto più bassa di lui, quindi poggiai la testa contro il petto largo, avvolta dal suo odore. Con una mano reggeva la mia, mentre l'altra era premuta appena sopra il fondo-schiena. Cominciavo a sentire un calore umido tra le cosce, l'eccitazione che imbeveva le mutandine. *Ok, è una pessima idea.*

"Dimmi un po', Harlow, che fai nella vita?" mormorò.

Una domanda molto comune e perfettamente prevedibile. Eppure, quando mi veniva posta mi si stringeva il cuore perché mi ricordava quante volte avessi deluso mio padre.

Scacciando via quei pensieri, gli risposi, "Sono un pompiere hotshot. Ho terminato da poco l'addestramento e devo cominciare a lavorare."

Max mancò qualche passo e scoppiai a ridere, guardandolo negli occhi. "Sorpreso?"

Chinò leggermente la testa e mi mancò il respiro, mentre uno stormo di farfalle mi invadeva lo stomaco. Il fascino di quell'uomo era troppo per il mio povero cuore.

Non rispose subito, ma un sorriso gli graziò il volto. "Sì, lo ammetto."

Tra quel sorrisetto e la sua voce ruvida, un brivido mi percosse tutta. Ordinai al cervello di ignorare quei segnali assurdi del mio corpo.

Le buone maniere, Harlow. Non dimenticare le buone maniere.

"Tu invece che fai di bello?" gli domandai a mia volta.

Sollevò le spalle e percepii i muscoli sodi del petto che premevano contro il mio seno. Mi si inturgidirono i capezzoli, che speravo non riuscisse a sentire. Rifletté per un poco sulla domanda.

"Lavoro nel mondo degli affari."

Ero troppo brilla per pensare all'educazione. "Mi pare un po' vago, non trovi?"

Sorrise di nuovo e il mio corpo reagì all'istante. "Almeno per oggi preferirei non pensare al lavoro."

La canzone terminò e ne partì una più movimentata. Max fece dunque un passo indietro, lasciandomi come un vuoto dentro. Il mio corpo stava per seguirlo istintivamente, come una calamita al metallo, ma riuscii a fermarmi. In quel momento arrivò Ginger Nash, la cognata di Ivy, con due bicchieri in mano.

"Champagne?" domandò, fermandosi al mio fianco.

Ginger era una donna spiritosa e intelligente. Quella sera aveva i capelli raccolti in un elegante chignon e le brillavano gli occhi, azzurri come il cielo. Mi strinse dolcemente il braccio e accettai volentieri il bicchiere, bevendone subito un sorso.

"Sono così felice di vederti qui," disse con un enorme sorriso. Per qualche motivo, Ginger aveva deciso che dovevamo essere migliori amiche, anche se ci conoscevamo giusto da qualche giorno. Però era un piacere averla intorno, con il suo acuto senso dell'umorismo e il carattere così solare.

Si voltò verso Max, inarcando un sopracciglio. "E tu quanto sei bono?"

Max reagì appena, accennando giusto un lieve sorriso.

"Oh, tranquillo, non stavo flirtando. Era solo un'osservazione. Sono felicemente sposata," aggiunse Ginger, per giustificarsi.

Questa volta Max sollevò un sopracciglio e notai un lampo di ilarità negli occhi.

"Però è pur sempre un matrimonio," continuò lei. "Meglio se trovi qualche trofeo da portarti a casa."

Max gettò indietro la testa con una fragorosa risata proprio quando si avvicinò Cam Nash, il fratello di Ivy e marito di Ginger. Cam era proprio un bravo ragazzo, il sogno di ogni donna. Ex sciatore di fama mondiale, aveva cominciato a lavorare al lodge come istruttore.

Cam passò un braccio sulle spalle di Ginger, salutandomi con un cenno del capo prima di sorridere a Max. "Ignoratela, per favore. Le piace fare il Cupido della situazione."

Ginger gli diede una leggera gomitata e poi bevve un sorso di champagne. "Che male c'è se mi piace il romanticismo?"

Suo marito, che aveva gli stessi occhi e capelli ambrati di Ivy, le rivolse un dolce sorriso. "Assolutamente niente. Ma sappi che non fa per tutti."

Ginger si strinse nelle spalle, con nonchalance, e poi guardò me e Max. "Beh, secondo me voi due state benissimo insieme," concluse, facendoci l'occhiolino.

Capitolo Tre

MAX

Più tardi, mi fermai di nuovo di fronte al Midnight Sun Lodge. Mi voltai verso Harlow, che dormiva profondamente, e approfittai del momento per ammirarla. Aveva i capelli scompigliati, dopo una serata passata a ballare e divertirsi. Le lunghe ciglia nere le carezzavano le guance, mentre i lineamenti duri del viso si erano rilassati.

Harlow era la tentazione fatta a persona, ma al momento dovevo riportarla nella sua stanza.

Parcheggiai accanto all'ingresso e poi feci il giro dell'auto per aprire la portiera e prendere Harlow in braccio, cercando di non svegliarla. La strinsi al petto e non batté ciglio. Con un lieve sospiro, affondò la testa nella curva della spalla e mi si strinse il cuore. Neanche io riuscivo a spiegarmi l'effetto che mi faceva quella donna.

Certo, il desiderio fisico era forte, ma sotto la superficie c'era di più. Era riuscita a stuzzicare la mia curiosità e sentivo il bisogno di conoscerla meglio. C'ero rimasto di sasso quando mi aveva detto di essere un pompiere. Ordinando al mio corpo di comportarsi bene, la trasportai dentro.

Dovetti svegliarla per chiederle almeno il numero della stanza, che mormorò appena prima di riaddormentarsi. La lasciai sul letto e mi voltai per uscire, però prima le lanciai un'ultima occhiata.

Grave errore.

Il vestitino leggermente sollevato lasciava intravedere il blu della seta che nascondeva tra le cosce, e aveva i capelli sparsi per il cuscino. Mi cadde lo sguardo sul solco tra i seni, ma lo riportai sul viso proprio quando Harlow aprì gli occhi, incrociando i miei nella fioca luce della stanza.

"Non andartene," mormorò.

Era brilla, ne ero ben consapevole. Eppure, non riuscii a rifiutare. Non se mi guardava in quel modo, non se continuava a invitarmi da lei con un cenno della mano.

Un attimo dopo, calciai via le scarpe e mi tolsi la giacca, con l'intenzione di andarmene quando si sarebbe addormentata. Lei invece provò a sfilarsi il vestito, bisticciando con le maniche.

Porca troia. Non pensavo di meritare una simile tortura.

Quando le si attorcigliò attorno alla vita, soffocai il desiderio violento che mi vorticava dentro e mi avvicinai ad aiutarla. Con quel reggiseno blu in pizzo abbinato alle mutandine era provocante da morire. Ricordai a me stesso che aveva bevuto, quindi presi le coperte e gliele posai addosso.

Aggrappandomi a tutto il mio autocontrollo, mi sedetti sopra le lenzuola e poggiai la schiena contro la testiera del letto, mentre lei mormorava qualcosa su quanto odiasse gli hotel e dormire da sola. Mi si strinse un'altra volta il cuore. Ero solito fuggire dalle donne che si portavano dietro qualunque tipo di bagaglio emotivo, ma la vulnerabilità che mi stava trasmettendo Harlow non fece altro che alimentare il mio interesse.

Resto solo finché non si addormenta.

Avevo tutte le buone intenzioni di andarmene.

Il mattino seguente, mi svegliai gradualmente, realizzando che nonostante tutto mi ero addormentato. Harlow era rannicchiata contro di me. Ce l'avevo duro e il mio corpo era fin troppo consapevole della sua deliziosa presenza. Feci un respiro profondo per mantenere la calma.

Non ero un uomo che aveva problemi a gestire l'autocontrollo, ma in quel momento stavo quasi soffrendo per l'intensità del desiderio. Però c'erano due grossi problemi, ovvero che Harlow era una buona amica di Owen e Ivy, e che non mi piacevano le situazioni complicate. Entrare in intimità con lei avrebbe reso la situazione *particolarmente* complicata.

Però era anche vero che non avevo provato nulla di simile per nessun'altra donna da troppo tempo. L'unica che fosse mai riuscita a risvegliare in me certi sentimenti mi aveva dimostrato che l'amore non era altro che una stupidaggine. Dopo di lei, avevo cominciato a trattare le relazioni romantiche come fossero rapporti di lavoro.

Il sesso non era altro che una transazione, ma per quanto ardentemente desiderassi Harlow non riuscivo a vedere le cose in modo così superficiale. Mi spostai lentamente, cercando di non svegliarla, per sgusciare via dal letto e andarmene. Ma Harlow seguì subito i miei movimenti, cominciando a svegliarsi. Un attimo dopo si drizzò, gli occhi sbarrati per lo shock. Rimase a fissarmi e le guance le si tinsero di una deliziosa tonalità di rosso.

I capelli spettinati le ricadevano lungo le spalle,

coprendo il seno nascosto dalla seta blu. I miei occhi si mossero di volontà propria sul suo corpo, soffermandosi sui capezzoli turgidi che sbucavano tra le ciocche scure.

Porca troia.

"Oh, mio Dio! Che ci fai qui?" Sussultò e afferrò il lenzuolo, portandoselo sotto il mento.

Mi sedetti sul bordo del letto, notando con estremo sollievo che ero ancora vestito.

"Non è successo niente, Harlow."

Sentivo l'erezione che premeva contro i pantaloni. *A cuccia.*

Harlow si alzò, girandosi per attorcigliarsi il lenzuolo attorno al corpo. Mi venne da ridere, ma mi morsi la lingua perché sembrava davvero furiosa.

"Perché sei qui?" Si mise davanti a me, l'aria regale con quel lenzuolo che faceva risaltare le curve, e mi fulminò con lo sguardò, rossa in viso.

"Ti sei addormentata in macchina. Ti ho portata io a letto e mi hai chiesto di restare."

Mi passai una mano tra i capelli, poggiando i gomiti sulle ginocchia per riprendere il controllo sul mio corpo. Non era un problema che si presentava spesso. Ma in fondo non ero neanche il genere di uomo che passava la notte con una donna. Facevo sesso, uscivo a vari appuntamenti, alcune tipe le frequentavo anche per periodi più lunghi di tempo, però non ci passavo mai la notte insieme.

Avevo infranto una delle mie regole fondamentali, risvegliandomi comunque a bocca asciutta.

"Meglio se te ne vai," disse Harlow, il tono duro.

Riuscii finalmente a tenere a bada l'erezione concentrandomi sulle cifre dell'ultimo bilancio che avevo ricevuto da una delle aziende che avevamo acquisito di recente. Era crollata a causa della pessima gestione, quindi le cifre erano memorabili.

Con un bel respiro profondo, mi alzai e mi voltai a guardarla. Porca miseria, era assolutamente splendida. La sera prima avevo notato che non si era neanche truccata, manco un filo di rossetto. Le labbra carnose erano arricciate in una smorfia contrariata, mentre si tormentava quello inferiore con i denti.

Il gesto attirò il mio sguardo come il miele le api, mentre il pene minacciava di ignorare di nuovo i miei ordini. Immaginai ancora le righe di numeri rossi, tenendo lo sguardo puntato nel suo.

"Me ne vado."

Feci il giro del letto e mi infilai le scarpe, prendendo la giacca dallo schienale di una sedia e la cravatta.

"Grazie per il passaggio," mi disse, il tono innaturale.

La vedevo nervosa, cosa che non faceva che peggiorare la situazione. Mi sarebbe tanto piaciuto vederla sfogare tutta quella tensione. Ero certo che a letto fosse una vera pantera. Purtroppo, però, non soddisfaceva i miei requisiti. Prima di tutto, la desideravo troppo. Inoltre, avevamo amici in comune.

"Quanto resti a Diamond Creek?" le domandai, fermandomi sulla porta.

Harlow resse il mio sguardo. Ero piuttosto sicuro che non si rendesse conto di quanto il tessuto le mettesse in risalto il seno, facendo spuntare i due boccioli turgidi. Di certo non avrebbe apprezzato che glielo facessi notare, quindi tenni la bocca chiusa e gli occhi fissi nei suoi.

"Credo qualche giorno. Tu?"

"Anche io. Allora ci vediamo al lodge."

Annuì brevemente. "Passo più tardi per la colazione."

Mi trattenni dal chiederle se avesse bisogno di un passaggio e me ne andai. Arrivato in macchina, decisi che avrei fatto meglio a starle alla larga. La tentazione era troppo forte.

Capitolo Quattro

HARLOW

Qualche giorno dopo le nozze, parcheggiai l'auto a noleggio davanti alla villetta di Ivy e Owen, dopo aver accettato la loro offerta generosa. Non solo avevo bisogno di rintanarmi in un posto tranquillo, ma avevo anche trovato un'ottima proposta di lavoro. Si era liberata una posizione in una squadra di hotshot in una cittadina a qualche ora a nord da Diamond Creek, quindi non volevo lasciarmi scappare l'occasione.

Avevo bisogno di una scusa per tagliare i ponti con mio padre. Le sue costanti critiche stavano cominciando a diventare insopportabili e non riuscivo in alcun modo a fargli entrare in testa che non volevo lavorare per la sua azienda. Per lui tutto ciò che contava erano i soldi. Voleva che lavorassi per lui soltanto per non doversi preoccupare del futuro dell'azienda alla sua morte.

Ma io non volevo averne niente a che fare.

Quando gli avevo detto di aver terminato l'addestramento a hotshot, non l'aveva presa bene. Avevo passato un anno intero in Montana, ma viaggiando così spesso non si era neanche chiesto cos'è che ci facessi lassù da sola. Avrei già dovuto cominciare a lavorare, ma alcuni eventi avevano sconvolto la mia vita.

Ero finalmente pronta a rimettermi in piedi. Quella di diventare una hotshot sarà anche stata un'idea un po' folle, ma era un lavoro che amavo. Amavo quanto fosse faticoso, potermi immergere nella natura più selvaggia, quanto mi facesse sentire forte. Molto probabilmente non avrei potuto continuare a farlo per tutta la vita, essendo davvero un lavoro massacrante, ma non volevo comunque dover fare affidamento su mio padre. Non volevo i suoi soldi e volevo essere libera. Vivere a ottomila chilometri di distanza avrebbe senz'altro risolto ogni mio problema.

Scesi dalla macchina e presi la valigia dal bagagliaio, cercando le chiavi nella borsetta. Le inserii nella serratura della porta laterale, che però trovai già aperta. Con una risata, entrai in casa. Calciai via le scarpe e lasciai le chiavi sul tavolino, lanciando la borsa sul divano. La villa era molto spaziosa e luminosa, dotata di ogni comfort. Era a pianta ottagonale e l'ingresso si trovava nel piano di mezzo, un open space con soltanto una porticina sul retro che dava su un bagno con lavanderia. La cucina occupava tutto un lato, con un'isola ricurva rivolta verso il soggiorno. La camera padronale, invece, occupava l'intero piano superiore.

Scesi invece a quello inferiore per lasciare la valigia nella camera degli ospiti, tornando in cucina per accertarmi se ci fosse bisogno di fare un salto al supermercato. Ivy mi aveva invitata a usare tutto quello che trovavo in casa. La cucina era ben rifornita, quindi per il momento non avevo bisogno di nulla.

Dopo una doccetta rapida, optai per il comfort più totale. Essendo completamente sola, potevo vestirmi come più mi pareva: ovvero con una maglietta che superava appena i fianchi, un paio di mutande e delle calze calde. Era come se stessi vivendo nei panni di qualcun altro. Avevo una bella casa tutta per me, con una vista spettacolare sulle montagne e l'oceano. Il paradiso in terra.

Presi del vino dal portabottiglie, segnandomi a mente di ricomprarlo prima di andarmene, e preparai qualcosa di veloce per cena. Dopo mangiato, presi il bicchiere di vino e mi avvicinai alle finestre per ammirare il panorama. I monti si ergevano solenni mentre il sole stava calando oltre l'orizzonte, lasciandosi dietro scie scarlatte e viola. Inspirai profondamente ed espirai piano. La tensione che mi pesava sulle spalle stava cominciando a sollevarsi.

L'Alaska potrebbe essere esattamente ciò di cui ho bisogno per ricominciare.

"Ehm, scusami," disse una voce profonda alle mie spalle, rischiando di farmi scivolare il calice dalle dita.

Un fremito ansioso mi attraversò la spina dorsale. Quella voce la conoscevo. Profonda, ruvida, sexy come il peccato. Mi venne la pelle d'oca e soltanto in quel momento mi resi conto di essere mezza nuda. *Non sta succedendo davvero.* Mi voltai e strabuzzai gli occhi quando incrociai lo sguardo di Max.

Mi guardò con aria confusa. "Che ci fai qui, Harlow?"

"Mi ha invitata Ivy," balbettai, pentendomi di aver bevuto quasi una bottiglia di vino da sola.

Ovviamente doveva essere *proprio* Max a trovarmi in quelle condizioni. Ci eravamo rivisti anche altre volte, dopo il giorno delle nozze. Però, completamente vestita e mantenendo le dovute distanze. *Beh, tranne quella prima notte, Harlow.* Mi vennero i brividi solo al pensiero. *Tappati la bocca, cervello. Così non aiuti.*

Quel giorno Max indossava dei jeans che gli ricadevano morbidi sui fianchi e una polo che carezzava il petto muscoloso. Il mio sguardo schizzò sulla distesa di pelle nuda che spuntava sotto i tre bottoni aperti, imbrunita dal sole. Morivo dalla voglia di leccarla.

Sollevò una mano per passarsela tra i capelli, facendo sollevare appena la polo e mettendo in bella mostra gli addominali scolpiti. Mi venne l'acquolina in bocca, eccitata come non mai.

"Tu che ci fai qui?"

Wow, complimenti Harlow. Quanta fantasia.

"Mi ha invitato Owen," rispose con la stessa voce roca, facendomi venire i brividi.

Lasciò cadere a terra il borsone e il tonfo risuonò nell'aria. Scossi mentalmente la testa per provare a riprendermi. Soltanto guardarlo mi stava facendo ardere di desiderio.

"Oh," esclamai infine.

Davanti a lui perdevo la facoltà di parola. Inebriata dal vino e tradita dal mio stesso corpo, avevo bisogno di riprendere il controllo su me stessa.

"Ehm..."

Le mie doti comunicative continuavano a dare il peggio di loro. Non riuscivo a mettere insieme neanche un paio di sillabe. Notai il modo in cui lo sguardo di Max scivolò sul mio corpo, ritornando fin troppo lentamente sul viso. L'intensità dei suoi occhi fece indurire i capezzoli e mi sentivo tutta un fuoco.

"Immagino che Ivy e Owen non ne avessero parlato prima tra loro," commentò Max con un sorrisetto, quando il suo sguardo ritrovò finalmente il mio.

Non dissi niente perché sapevo benissimo che invece Ivy gliene aveva parlato eccome. Non avevo la minima idea di cosa stessero tramando quei due.

"Mi levo subito di torno," gli dissi.

Max cominciò ad avvicinarsi, a passo lento e controllato. Più si avvicinava e più il mio corpo reagiva. Un calore languido mi pervase il basso ventre, mentre uno stormo di farfalle prendeva a volare nello stomaco. Sentivo il seno teso e dolorante, il cuore che martellava contro la cassa toracica.

Mi rimangio tutto. So benissimo cosa stanno tramando Ivy e Owen.

Capitolo Cinque

MAX

Mentre mi avvicinavo ad Harlow, nella mia mente stavo prendendo in considerazione due alternative. La prima sarebbe stata la più ragionevole e sensata, ovvero andarmene da lì. *Subito.*

L'altra alternativa, ovvero la più pericolosa, prevedeva che cedessi a quegli impulsi che stavo cercando di soffocare ormai da tre lunghi giorni. Perché la verità era che la desideravo. Desideravo Harlow con una ferocia implacabile.

Mi guardava con occhi strabuzzati, le guance colorite e le labbra macchiate di rosso dal vino che teneva in mano. Vederla così acqua e sapone era una bella boccata d'aria fresca. Non sembrava neanche rendersi conto della sua bellezza naturale. Indossava una maglietta un po' larga che non bastava comunque a nascondere la mercanzia, con un paio di calze in lana che arrivavano a metà polpaccio.

Alla vista del cotone che premeva sul seno, lasciando intravedere i boccioli deliziosi, un'ondata di desiderio mi travolse con violenza, come una frusta.

Una sola occhiata e mi sentivo già in fiamme. Ci

avevo riflettuto a lungo. Nonostante le amicizie in comune, era piuttosto improbabile che ci saremmo mai rivisti. Il problema si sarebbe posto se avesse lavorato per suo padre, ma mi aveva detto di essere una vigile del fuoco. Notizia che ancora non ero riuscito a metabolizzare.

Secondo i miei calcoli, tre giorni interi insieme ad Harlow sarebbero bastati per ridurre in cenere ogni minima traccia di desiderio.

Come la raggiunsi, trattenne il fiato per un istante. Abbassai leggermente lo sguardo e notai il modo in cui il battito del cuore pulsava sotto la pelle sottile del collo. La tentazione di far scivolare la lingua su quel punto tanto delizioso per gustare quell'accenno di miele e vaniglia che mi arrivava alle narici era quasi insostenibile.

Scacciai quei pensieri, nel tentativo di placare i bollenti spiriti. Come se mi avesse letto nel pensiero, un lampo le attraversò gli intensi occhi marroni.

"Ho un'idea," le dissi.

"Sarebbe?"

"Dubito che ci rivedremo più. Ti voglio e so che anche tu vuoi me."

Le mie parole la fecero arrossire violentemente. "Non..."

Non riuscì neanche a continuare la frase, sotto il mio sguardo. "Sono un gentiluomo. Non farò nulla di non gradito. Ma trovo sciocco continuare a negare l'ovvio."

Quella donna non la conoscevo molto bene, ma ero certo che sotto quel primo strato più riservato e timido si nascondesse un guscio di acciaio. L'aria attorno a noi si caricò di tensione, mentre scariche elettriche guizzavano da una parte all'altra. Ero un uomo abbastanza terra terra, ma in quel momento riuscii a sentire la fantomatica scintilla.

Harlow bevve un sorso di vino. Mi rivolse un'occhiata furiosa, che me lo fece venire ancora più duro.

"Non stavo mica per negare l'ovvio," disse infine, poggiandosi l'altra mano sulla vita. Il meraviglioso gesto le strinse addosso il tessuto, lasciando intravedere la dolce curva del fianco. "Ma non significa che voglia fare qualcosa a riguardo."

Era una donna razionale. Anche io ero un uomo razionale. Di solito.

Tuttavia, in quel momento facevo fatica a ragionare razionalmente. Non volevo far altro che convincerla a non preoccuparsi troppo per il futuro, ad accettare quella mia sciocca scommessa. Avremmo potuto estinguere le fiamme del desiderio senza farci alcun male.

Senza quasi rendermene conto, sollevai la mano e le spostai i capelli dalla fronte, lasciandoli dietro l'orecchio. La sentii tremare sotto il mio tocco e il mio corpo reagì di conseguenza.

"Voglio solo proporti una semplice avventura di tre giorni. Ci lasciamo completamente andare e poi ognuno se ne va per la sua strada. Tutto qui. Non mentirò. Non sono tipo da relazioni serie. Quindi non hai nulla di cui preoccuparti."

Harlow mi fissò e dischiuse la bocca, lasciando scivolare la lingua sul labbro inferiore. Avrei tanto voluto leggerle nella mente. Solitamente me ne fregavo di ciò che pensavano gli altri. Ma con lei era diverso. Volevo sapere cosa le passasse per la testa.

Il fatto che non avesse intrapreso una carriera nell'azienda del padre non aveva alcun senso. Come non ce l'aveva neanche il fatto che fosse diventata un pompiere. Però, per un certo verso, un senso ce l'aveva. Avevo percepito la sua forza e la tendenza a fare un po' come le pareva. Preferiva rinchiudersi in se stessa, ma volevo che si lasciasse andare.

Bevve un altro sorso di vino e si voltò di scatto, per allontanarsi. Come se legato a lei da un nastro invisibile, la seguii.

"Dunque?"

Inspirò profondamente. Bastava che respirasse e il desiderio si faceva sempre più impellente.

"D'accordo," mormorò piano.

Non mi serviva altro. Le presi i lunghi capelli scuri tra le dita, stringendoli attorno al pugno. Mi premetti poi contro la sua schiena, dovendo trattenere un grugnito animalesco quando l'erezione pulsante finì tra le natiche morbide. Harlow gettò indietro la testa, poggiandomela contro la spalla.

Cominciai a tempestarle il collo di baci, facendole venire la pelle d'oca. Un gemito le sfuggì dalle labbra quando leccai quel punto tanto delicato.

Si irrigidì e poi si spinse via, voltandosi verso di me. Lasciai andare i capelli e il suo sguardo ardente trovò il mio.

Capitolo Sei

HARLOW

"Ci sono delle regole," dissi, lo sguardo fisso in quello di Max mentre cercavo di recuperare un po' di controllo sulla mia mente e il corpo.

Guardarlo negli occhi era terribilmente pericoloso. Cielo, *lui* era terribilmente pericoloso.

Max inarcò un sopracciglio, l'espressione incuriosita. Bastò quel gesto quasi impercettibile a farmi surriscaldare. Stargli così vicina rischiava di farmi perdere il senno. L'aria attorno a noi pareva viva, pulsante di desiderio. Era difficile immaginare che Max mi desiderasse tanto quanto io desideravo lui, ma il suo sguardo la diceva lunga. Intenso e deciso, mi toglieva il fiato.

Rimasi lì ferma davanti a lui a guardarlo, finché non sollevò ulteriormente il sopracciglio e un sorrisetto da capogiro gli incurvò le labbra.

Che stavo dicendo? Ah, sì, le regole. Ho detto che devono esserci delle regole.

In realtà erano più per me che per lui. Mi sentivo già troppo coinvolta. La mia tendenza a cercare riparo nella forza di qualcun altro, il mio fascino per l'amore... Quei due impulsi erano più forti che mai.

L'attrazione che provavo per lui era già troppo travolgente, una forza a cui non riuscivo a resistere.

"Le regole," ripetei. Per quanto volessi risultare decisa e sicura, la mia voce uscì un poco troppo roca.

Raddrizzai la schiena e percepii fisicamente il suo sguardo sul seno. I capezzoli divennero due sassolini, alla ricerca disperata di attenzioni. Riportò gli occhi nei miei, con un luccichio allegro che mi fece arrossire.

"Dimmi le regole, Harlow, per favore."

Ogni volta che pronunciava il mio nome era come se ci stesse facendo l'amore. Un poco ruvida e profonda, la sua voce mi scatenò un brivido dentro.

"Non tre notti, ma una sola."

Quella regola andava contro ogni mio desiderio, ma non potevo permettermi di lasciarmi andare così tanto.

Però ero senz'altro un libro aperto. Max inclinò la testa di lato. "Forse."

"Forse?" Poggiai una mano sul fianco e lo fulminai con lo sguardo, cercando di risultare credibile. "Beh, la prima regola è questa. Una notte sola."

Un sorriso lento e devastante gli sfiorò le labbra. "D'accordo, se domani mattina sarai della stessa opinione, allora accetto."

Oh, quanto era arrogante quell'uomo!

"E perché dovrei fidarmi?"

Malgrado l'irritazione, in realtà mi stavo divertendo. Con il corpo in fiamme e le mutandine bagnate, sollevai il mento in aria di sfida.

Max rise alla domanda. "Owen è uno dei miei migliori amici. Se lo conosci bene, allora puoi fidarti anche di me. Se preferisci, puoi chiamarlo per chiedergli conferma."

Nonostante tutte le riserve del caso e la mia tendenza a innamorarmi di uomini che invece avrei dovuto evitare, sentivo di potermi fidare di Max. Esattamente per il motivo che mi aveva fornito.

"D'accordo."

"Quindi non lo chiami?" replicò.

Scossi la testa.

"Altre regole?"

"Non succederà più."

Max annuì solennemente. "Immagino che non ci rivedremo più comunque. Altrimenti, manterrò le distanze. Altro?"

Un calore languido mi pervase il ventre e fremevo per la trepidazione. Scossi di nuovo la testa perché le regole erano finite, ma significava anche che il momento tanto atteso era sempre più vicino. Mi sentivo bruciare dentro soltanto ad avere Max a giusto un passo da me.

Allungò la mano e prese la mia, eliminando qualunque distanza ci separasse. Quando il suo corpo caldo e forte premette contro il mio, mi venne la tachicardia e mi mancò il fiato, mentre un desiderio liquido prendeva a scorrermi nelle vene.

"Harlow," mi disse.

Intrecciò le dita ai miei capelli, facendole scivolare fino alla nuca. Il suo tocco si lasciava dietro una scia infuocata sulla pelle.

E poi, un attimo dopo, le sue labbra furono sulle mie. Non sapevo nemmeno io cos'era che mi aspettassi, però in fondo me lo immaginavo che avrebbe provato a prendere subito le redini. E così fece, ma non nel modo in cui mi sarei immaginata. Al contatto con la sua bocca mi sentii pervadere da una scossa elettrica, che mi colpì nel profondo.

Il suo tocco era delicato come una piuma. Baciò

prima un angolo della bocca e poi l'altro, buttando giù qualunque mia difesa. Mi passò la lingua sul labbro, per poi invadere la bocca e cercare la mia. Mi teneva ancora per mano, mentre faceva scivolare lentamente l'altro palmo lungo la schiena, fino a raggiungere il fondoschiena che strinse per premermi contro l'erezione.

Lui era completamente vestito, mentre io mezza nuda. Mi sarei dovuta sentire vulnerabile. Ed era così, ma non nella maniera che mi sarei aspettata. Il mio cuore era in serio pericolo. Quel cuore così debole e bramoso d'amore stava assaporando la sua forza e l'intensità del desiderio che ardeva tra di noi.

Con le nostre lingue che danzavano e lui che premeva il membro duro contro il mio inguine, mi sentii pervadere da un'ondata di energia. Il fatto che quell'uomo potesse reclamarmi con così tanta audacia era un qualcosa di inebriante. Ci fu una breve pausa quando si staccò dal bacio, mordendomi il labbro inferiore, e ne approfittai per aggrapparmi all'ultimo briciolo di controllo rimasto mentre riprendevo fiato.

"Harlow," mormorò di nuovo, con quella sua voce incantevole.

Aprii gli occhi e trovai i suoi in attesa, l'azzurro ghiaccio così intenso da diventare blu zaffiro. Ero come ipnotizzata e non riuscivo a distogliere lo sguardo.

Feci un bel respiro e mormorai, seppure con qualche sforzo, "Sì?"

Lasciò andare i capelli e fece scivolare la mano lungo l'osso della clavicola, scendendo ancora più giù fino a prendere un seno. Carezzò un bocciolo turgido e dolorante con il pollice e non riuscii a trattenere un gemito deliziato. Strinsi con forza le cosce, con disperazione, stuzzicando quel desiderio che mi stava già tormentando.

"Se non lo vuoi, devi dirmelo adesso," rispose lui.

Mi scappò quasi da ridere. Avrei potuto benissimo mentire spudoratamente e dirgli che no, non lo volevo, ma nonostante tutti i campanelli d'allarme, il desiderio era irrefrenabile.

Scossi la testa, gemendo a un'altra carezza sul capezzolo.

"Significa che no, non vuoi fermarti, o no, non lo vuoi?"

Voleva che glielo dicessi esplicitamente.

"Lo voglio."

Un lampo di soddisfazione gli fece brillare gli occhi. "Molto bene. Perché ti voglio," replicò, senza giri di parole.

La confessione mi caricò di nuovo di energia.

Con un movimento rapido, Max chinò la testa e prese il bocciolo tra le labbra, da sopra il tessuto della maglietta. Al calore umido della sua bocca e alla frizione del cotone lanciai un urlo. Poi spostò l'attenzione sull'altro bocciolo e per poco non mi sciolsi ai suoi piedi. Quando sollevò la testa, posai lo sguardo sul seno e notai i due sassolini che premevano contro il tessuto bagnato.

E poi successe tutto troppo in fretta. Avevo le sue mani ovunque e il suo tocco leggermente ruvido lasciava tracce incandescenti sulla pelle.

Ma non mi bastava, volevo di più. Gli infilai una mano sotto la maglietta, godendomi il suo calore. Con un profondo grugnito, inarcai il bacino contro l'erezione calda e pulsante.

"Harlow..."

Aprii gli occhi e incrociai i suoi. Un attimo dopo, mi prese il bicchiere di mano e si voltò lentamente per lasciarlo sul davanzale alle nostre spalle, per poi sollevarmi da terra. Per riflesso, gli cinsi le gambe attorno alla vita.

Tra le sue braccia mi sentivo una piuma. Con qualche falcata, raggiunse il bancone della cucina e mi lasciò sul ripiano fresco, che ben poco riuscì a tenere a bada i miei bollenti spiriti. Con una mano mi afferrò l'orlo della maglietta e me la sfilò dalla testa. La lanciò in aria e cadde con un fruscio sommesso sul pavimento.

Con indosso soltanto le mutandine in seta blu e le calze, rimasi lì ferma davanti a lui. Sotto il suo sguardo intenso mi sentivo completamente nuda. Portò gli occhi sul seno esposto, così intensi da bruciarmi la pelle. Fece un passo avanti, per posizionarsi tra le mie ginocchia, e prese il seno in mano, stuzzicando i boccioli turgidi tra le dita. "Sei davvero bellissima, Harlow."

Un versetto gutturale mi fuggì dalle labbra e mi inarcai istintivamente contro di lui. Fece scivolare una mano verso il basso, afferrando un fianco per trascinarmi sul bordo del bancone.

Dopodiché, tutto si fece confuso. Con la lingua mi leccò il collo, passando nel solco della gola per arrivare a tormentare di nuovo i capezzoli, tra un morso delicato e l'altro. Gli afferrai la polo e colse subito il messaggio, quindi fece un passo indietro e se la sfilò con un movimento fluido. Mi ritrovai davanti agli occhi il suo petto sodo e muscoloso, la pelle abbronzata coperta da un leggero strato di peluria scura.

Cominciai ad armeggiare con la cerniera dei jeans e li sbottonai, infilando la mano dentro per avvolgerla attorno al membro. La sensazione tanto piacevole mi strappò quasi un gemito. Max mi faceva impazzire, lo desideravo tutto e lo desideravo subito. Fece scivolare le dita sulla curva del ventre, arrivando tra le cosce, dove prese a carezzare la seta bagnata.

Mi sollevò con estrema facilità e infilò un dito sotto l'orlo delle mutandine per sfilarle. Le calciai via e lui si riposizionò tra le mie ginocchia, mentre io pensavo a liberare l'erezione dagli slip.

Senza perdere altro tempo, prese a stuzzicare il mio sesso umido di eccitazione. La mia impazienza venne placata subito, quando affondò due dita nel canale pulsante. Lanciai un urlo di piacere e lo afferrai per le spalle, inarcandomi verso il suo tocco. Sentivo il suo sguardo su di me e avrei tanto voluto voltarmi dall'altra parte, ma non ci riuscivo. I suoi occhi erano come una calamita, mentre mi penetrava lentamente con le dita.

"Lasciati andare," mi ordinò, la voce un sussurro.

Cominciò dunque a massaggiare il clitoride con il pollice, torturandomi con movimenti circolari. Ben presto, un piacere immenso mi travolse e gridai, mentre i muscoli del mio sesso si stringevano come una morsa attorno alle sue dita.

Prima ancora che potessi riprendermi dall'intensità dell'orgasmo, udii il rumore di uno strappo. Aprii dunque gli occhi e lo vidi infilarsi un profilattico. Con i jeans aperti che gli ricadevano sui fianchi, mi trascinò verso di sé e iniziò a stuzzicare l'apertura con il membro marmoreo. La mia mente era ancora da un'altra parte, dopo quel piacere così immenso. Però ero pronta per lui. Avevo bisogno di sentirlo dentro di me. Lo volevo duro, lo volevo selvaggio, lo volevo violento.

Max avrebbe esaudito presto tutti i miei desideri. Continuò a tormentarmi per un altro po', facendo scivolare l'asta tra le labbra fradicie, mormorando il mio nome. Nel momento in cui i nostri sguardi si incrociarono, affondò dentro di me con una spinta secca, fino in profondità.

Era passato un anno intero dal mio ultimo rapporto sessuale. Ero strettissima, ma quel leggero bruciore della penetrazione era ben gradito. Avevo bisogno di quel giusto mix di piacere e dolore.

Capitolo Sette

MAX

Con gli occhi fissi in quelli di Harlow, dovevo fare appello a tutto il mio autocontrollo. Non potevo immaginare che penetrarla sarebbe stato così bello. Era calda, bagnata e strettissima, una sensazione così intensa che per poco non esplosi all'istante.

Volevo riportarla al limite un'altra volta. Le afferrai saldamente un fianco, tenendola ben ferma. Poi le spostai alcune ciocche dal viso, soddisfatto dai brividi che le provocò quel semplice gesto. Le carezzai i capelli, facendo scivolare la mano lungo la schiena per stringere la dolce curva del sedere e premerla a me. Recuperato almeno un briciolo di controllo, mi ritrassi e affondai di nuovo in lei, ancora e ancora e ancora.

"Toccati," mormorai, senza quasi rendermene conto.

Portò una mano tra le cosce e si inumidì un dito tra le labbra lucide, per poi premerlo sul bocciolo rosa gonfio. Nel giro di pochi minuti lanciò un urlo e si strinse violentemente attorno a me. Con una forza sovraumana, l'orgasmo mi travolse un attimo dopo. Un senso di calore ribollì alla base della spina dorsale e mi esplose dentro, il piacere talmente intenso da farmi quasi cedere le ginocchia.

Lasciai ricadere la testa nella curva della spalla di Harlow, mentre si abbandonava lentamente contro di me. Ormai era finita, ma non riuscivo a lasciarla andare. Volevo restare fermo immobile, dentro di lei, in quella bolla di intimità che avevamo creato.

Poco dopo, Harlow sollevò la testa e incontrò il mio sguardo. Seguì una lunga pausa. Volevo assolutamente sapere cosa stesse pensando, ma tutto quell'interesse era un grosso campanello d'allarme.

———

Il mattino seguente, mi svegliai avvolto dall'oscurità. Sentivo il corpo caldo e morbido di Harlow premuto contro il mio fianco. Aveva una gamba poggiata sulla mia e la testa sulla spalla. Quella notte insieme non era bastata a soddisfarmi a pieno. Sentivo già il membro prendere vita. Nel sonno le avevo passato un braccio attorno al corpo, il palmo della mano che avvolgeva una natica morbida.

Ma non erano le reazioni del mio corpo a preoccuparmi. Piuttosto, quel tonfo che avevo avvertito al cuore quando la notte prima l'avevo presa tra le braccia prima che si addormentasse. Non ero uno stolto. Non avevo problemi di autocontrollo. Di solito.

Ero convinto che un assaggio mi sarebbe bastato. Dovevo alzarmi dal letto prima di cadere di nuovo in tentazione. Non potevo permettere a quell'intimità che si nascondeva dietro il desiderio di incatenarci più di quanto non fossimo già.

Qualche ora dopo, quando il sole si era finalmente risvegliato, mi arrivò un'e-mail sul portatile, su cui stavo lavorando in cucina. Incredibile, ma quando lessi il messaggio tirai un sospiro di sollievo. Mi era stata servita su un piatto d'argento la scusa perfetta per andarmene. Avevo proprio bisogno di una riunione di lavoro urgente per rimettermi in carreggiata.

Harlow uscì poco dopo dalla camera da letto, mentre stavo finendo la tazza di caffè. Il mio corpo reagì all'istante come mi voltai a guardarla. I capelli scuri le ricadevano in onde attorno al viso e aveva le guance arrossate dal sonno. Indossava di nuovo una maglietta e dei calzini. Era talmente bella che mi si strinse il cuore.

"Non ti devi più preoccupare delle regole, sai," le dissi, lasciando la tazza vuota nel lavello.

"Oh?"

"È venuto fuori un problema al lavoro, quindi la casa è tutta tua."

Senza dire niente, mi studiò il volto. Per un attimo, il cuore prese a martellare violentemente contro le costole. Mi parve di notare un velo di delusione nei suoi occhi, che per poco non mi distrusse.

Ed era proprio per quel preciso motivo che dovevo allontanarmi da lei al più presto.

HARLOW

Circa un anno dopo

Con una mano sul fianco, mi passai la manica sul viso e puntai lo sguardo sulla distesa di alberi carbonizzati di fronte a me. Al che mi voltai e mi avvicinai al tronco caduto dove avevo lasciato l'acqua, per scolarmi una bottiglietta in pochi sorsi. Nella direzione opposta, in lontananza si ergeva il monte Denali, la punta di diamante della Catena dell'Alaska. Quel giorno ci stavamo occupando di un incendio controllato ad appena un'ora a nord di Willow Brook, dove avevo cominciato a lavorare l'anno prima.

La vita di un pompiere hotshot era esattamente come me l'aspettavo, se non addirittura meglio. Finalmente mi ero allontanata da quel clima di tensione che si era venuto a creare tra me e mio padre, e avevo dedicato anima e corpo al lavoro. Potevo respirare aria pura e stare all'aperto. Avevo sempre amato la natura, probabilmente perché da bambina l'avevo vissuta ben poco, balzando da un albergo all'altro. La mia infanzia e la mia adolescenza erano state dettate dagli impegni di lavoro di mio padre.

In quel momento, perfino con l'odore di fumo nell'aria e la sezione di foresta di abeti rossi morti davanti, il paesaggio che mi circondava era talmente sublime da mettermi quasi in ginocchio. Il cielo azzurro e limpido pareva infinito. I contorni definiti delle montagne mi lasciavano senza fiato. Dall'altra parte, la natura più selvaggia si estendeva a vista d'occhio. Era tardo autunno, fine ottobre. L'aria era fresca e il gelo dell'inverno era alle porte.

"Harlow!" gridò qualcuno alle mie spalle.

Mi voltai e vidi Ward Tyler, il mio caposquadra, che mi faceva cenno di avvicinarmi. Saremmo ripartiti quel pomeriggio per tornare a Willow Brook e l'elicottero sarebbe arrivato a momenti. Presi lo zaino e ci infilai dentro l'acqua, poi me lo gettai su una spalla e corsi da lui. Una metà della squadra era già ripartita in mattinata.

"Che si dice?" gli chiesi, una volta arrivata davanti a lui. Ward era un ottimo capo. Lo rispettavo molto, così come il resto della squadra. Emanava un'aura minacciosa, però conoscevo il suo punto debole. Quando era insieme a sua moglie Susannah e al loro bambino diventava un orsacchiotto. Li amava con tutto se stesso.

Detto ciò, era un uomo molto alto, tutto muscoli e piuttosto affascinante. Lui e Susannah formavano una splendida coppia. I capelli biondo rame e gli occhi azzurri di lei contrastavano con i capelli scuri e gli occhi grigio argento di Ward. Durante quell'anno trascorso a Willow Brook, io e lei eravamo diventate molto amiche. Al momento eravamo le uniche donne hotshot tra tutte le squadre della caserma di Willow Brook. All'inizio io facevo parte di un'altra squadra, mentre lei di quella di Ward. Dopo la gravidanza, però, si era trasferita alla squadra locale per potersi dedicare a suo figlio e io avevo preso il suo posto. Quello dell'hotshot non era un lavoro semplice per un genitore, soprattutto perché le missioni potevano tenerci lontani da casa a lungo.

Io invece ero ancora libera e spensierata. Ma in quel momento mi resi conto che mi stavo distraendo troppo, quindi riportai l'attenzione sul lavoro. Ward non aveva ancora risposto alla mia domanda, intento a parlare con qualcun altro. Lasciai lo zaino per terra e diedi una bella scrollata alle spalle.

Un attimo dopo, Ward si rivolse a me. "Nate ha appena chiamato. Sarà qui a momenti."

Manco a farlo apposta, il rumore delle eliche risuonò nell'aria e qualche minuto dopo l'elicottero atterrò. Nate Fox non solo sorvolava i cieli dell'Alaska per trasportare i turisti da una zona all'altra, ma offriva anche il suo supporto durante gli incendi, portando liquido ritardante e acqua, e di tanto in tanto ci faceva anche da pilota. Dopo aver spento l'elicottero, scese a terra e ci salutò, avvicinandosi.

Si fermò accanto a suo fratello, Caleb Fox, ovvero uno dei leader della squadra. I due si assomigliavano così tanto che faceva quasi impressione. Avevano i capelli castani e gli occhi marroni, con un'aura di forza e grazia intorno. Nate era il più alla mano dei due.

Nate rivolse un sorriso al gruppo rimasto. "Beh, siamo pronti?"

Caleb inarcò un sopracciglio. "Ma certo che siamo pronti. E siamo esausti, quindi diamoci una mossa."

Con un'alzata di spalle, Nate si voltò e ci fece cenno di seguirlo. Nel giro di pochi minuti caricammo tutto l'equipaggiamento, salimmo a bordo e l'elicottero si levò in aria. Mi fermai ad ammirare il panorama che sfrecciava sotto di noi, per poi poggiare la testa al sedile e sognare la doccia calda che avrei fatto a breve.

Non c'era nulla di più divino di una bella doccia dopo aver passato qualche settimana bloccati nel bel mezzo del nulla. Nessun genere di lusso avrebbe mai retto il confronto. Avevo bisogno di sentirmi pulita. In realtà eravamo stati via molto poco, giusto una settimana, ma il lavoro era stato comunque massacrante. Ci eravamo occupati di alcuni incendi controllati in previsione dell'inverno. I brevi tuffi nelle acque gelide dei fiumi e dei torrenti non erano paragonabili a una doccia bollente, che riusciva ad alleviare i dolori muscolari dopo giorni e giorni passati a spingere il proprio corpo al limite.

La mia vita era cambiata radicalmente nell'ultimo anno e ogni tanto facevo perfino fatica a metabolizzare. Ogni volta che mi fermavo a riflettere, la mia mente pendeva in una certa direzione che ormai avevo frequentato una marea di volte. Max Channing continuava ancora a danzare tra i miei pensieri più di quanto avrei mai ammesso. Anzi, se proprio dovevo essere onesta, ormai era diventato il protagonista di qualunque mia fantasia. Il numero di orgasmi che mi ero procurata soltanto pensando a lui era a dir poco imbarazzante.

Ovviamente impallidivano se paragonati a quelli che mi aveva dato lui stesso quella fatidica notte, quindi ormai mi ero rassegnata al fatto che avesse rovinato per sempre qualunque futuro rapporto con altri uomini. Il che, detto da una come me, non era poco. Nelle relazioni sentimentali tendevo a illudermi troppo, a sperare con tutte le mie forze di aver trovato un qualcosa di speciale. Con lui stavo per commettere lo stesso errore. Ero certa che se mi avesse mai vista in quelle condizioni, sarebbe fuggito a gambe levate.

Scossi mentalmente la testa per cancellare quei pensieri impuri, poi mi voltai ad ammirare le cime dei monti che si susseguivano sotto l'elicottero.

———

Più tardi, quella sera, varcai l'ingresso e mi fermai al bancone dell'accoglienza della caserma di Willow Brook. Maisie Steele, la centralinista, stava ridendo per qualcosa, facendo rimbalzare i riccioli scuri mentre scuoteva la testa. Davanti a lei, poggiata al bancone, c'era Susannah, che si voltò a guardarmi con aria imbarazzata.

"Non sono per nulla brava come Maisie a fare la mamma. Santo cielo, non riesco a far dormire Wayne per più di qualche ora la notte. Mi sento una fallita totale," mi disse.

Maisie la guardò con aria seria. "Non sei affatto una fallita. Mi ci è voluto quasi un anno per far dormire Max. Però con Carol è più semplice, anche se ancora non ho capito perché," commentò, riferendosi ai suoi due figli.

Susannah sospirò, esausta. "È più facile quando ci siamo entrambi e possiamo darci i turni."

"Beh, dai, Ward è tornato," affermai.

Un sorriso affettuoso le incurvò le labbra. "Lo so. Ho fatto male i conti e stasera c'è la serata tra donne, mannaggia."

Maisie le sorrise. "Io ti consiglio di restare a casa, sai! A proposito"—il suo sguardo si spostò su di me—"perché tu non vieni mai?"

Maisie lavorava da qualche anno per la caserma e la stazione di polizia, quindi col tempo stavamo cominciando a fare amicizia. Vivevo a Willow Brook da quasi un anno e piano piano stavo iniziando a integrarmi nella comunità. A volte mi sentivo completamente persa e avrei tanto avuto bisogno di qualche lezione di carisma. Non ero abituata a fermarmi in un posto per un lungo periodo di tempo, quindi per me era una novità. Così come avere un gruppo di amici. Avendo passato gran parte della mia gioventù circondata da adulti, non ero mai riuscita a stringere amicizie vere. Ivy era diventata la mia migliore amica, ma lo vedevo come un semplice colpo di fortuna. Avevamo legato subito, ma pur sentendoci molto spesso non avevamo mai vissuto nello stesso luogo.

Per me era tutta un'esperienza assolutamente nuova: mettere le radici in un posto solo, circondarmi di persone e cercare me stessa oltre i limiti che aveva sempre provato a impormi mio padre, fallendo miseramente.

Mi resi conto tardivamente che Maisie e Susannah stavano aspettando una mia risposta. "Non lo so," risposi infine.

"E allora devi cominciare," dichiarò fermamente Maisie. "Mentre tu, Susannah, devi andare a casa e passare la serata con Ward. Capisco benissimo. Cioè..." Fece una pausa, lanciando un'occhiata alla porta che dava sul retro della caserma. "Beck è strepitoso quando torna a casa da una missione." Lasciò il commento sul vago, arrossendo violentemente.

Susannah ridacchiò, le guance tinte di rosso. Beck era il marito di Maisie, ovvero il leader di un'altra delle squadre. Facendo due più due, realizzai che stavano parlando di sesso. Ivy era stata l'unica amica con cui avessi mai chiacchierato così spensieratamente.

C'era un grosso segreto che ancora non le avevo rivelato e la cosa mi stava uccidendo. Non che fosse *obbligatorio* raccontarle ciò che era successo con Max, ma era troppo strano che dopo tutto quel tempo non ne sapesse nulla. Lei e Owen erano amici che avevamo in comune, in fondo.

Avevo la pessima abitudine di buttarmi a capofitto in qualunque relazione, convinta di aver trovato l'amore della mia vita. Ivy sapeva com'era finita la mia ultima storia, che ormai non era neanche più così tanto recente. Erano passati due anni da quella rottura che mi aveva distrutta. La mia amica aveva da poco cominciato a dirmi che dovevo piantarla di tenermi *sotto sequestro*. Parole sue, non mie. In realtà non stavo neanche cercando di rinchiudermi in me stessa, ma non avevo più trovato nessuno che fosse interessato a me.

Tranne Max.

Per fare un riassunto della mia ultima relazione, mi ero innamorata per l'ennesima volta di un uomo emotivamente arido. Nulla di nuovo. Ma ciò che mi aveva davvero distrutta era stata un'altra cosa. Nonostante prendessi la pillola, ero rimasta incinta e la gravidanza era terminata con un aborto spontaneo. Appena dopo aver perso il bambino, avevo scoperto che l'uomo che amavo mi aveva tradita. Ma come se non mi avesse degradata abbastanza, si era sentito in dovere di specificare che no, per lui quello non era tradimento. In fondo non mi aveva mai detto ufficialmente che eravamo una coppia, nemmeno che mi amava. Come mio solito, avevo trasformato la realtà in un castello in aria, desiderando un qualcosa che non c'era.

Ivy non sapeva nulla di quella serata di sesso selvaggio con Max. Oh, ovviamente aveva provato a strapparmi qualche dettaglio succoso ed ero ancora convinta che avesse pianificato tutto sin dall'inizio. Avevo risposto alle sue domande restando sul vago, dicendole che era dovuto partire prima per lavoro.

Comunque, sto divagando. Amiche che parlano di sesso e bambini. Ecco, anche quella era in un certo senso una novità, un'esperienza che mi lasciava un poco di amaro in bocca.

"Ti prego, vieni anche tu! Ti prometto che ti divertirai tanto. Sono serate molto tranquille, davvero," insistette Maisie, raggiante. Sebbene mi fossi persa tra i miei pensieri per un minuto buono, non fece commenti.

Con la chioma riccia selvaggia, gli occhi da cerbiatto e guance paffute puntellate da lentiggini era la persona più adorabile che avessi mai visto. Era davvero tanto carina. Eppure, a detta sua un tempo era una stronza spinosa e aveva ancora tanta strada da fare per cambiare. Ogni tanto quel suo lato l'aveva tirato fuori anche davanti a me, ma molto raramente. Adorava il suo lavoro, così come amava tantissimo suo marito e i suoi figli. Avrei venduto l'anima per trovare un uomo che mi amasse come Beck amava Maisie, ma cominciavo a temere che non sarebbe mai arrivato.

Era impossibile resistere a quella così affettuosa richiesta di Maisie, dunque mi ritrovai ad annuire.

Sarà un ottimo esercizio. E puoi farti qualche amica.

Quella sera, mi trovavo a casa di Maisie e Beck. Insieme a noi c'erano altre quattro ragazze, ovvero Amelia Masters, Lucy Phillips, Charlie Lane ed Ella Masters. Amelia e Lucy gestivano un'impresa edile insieme, Charlie era una dottoressa ed Ella era una ricercatrice ambientale. Avevano tutte quante l'aria un po' minacciosa, ma in realtà mi avevano accolta a braccia aperte.

Era una semplice serata tra amiche, passata a giocare a carte e chiacchierare, eppure stavo provando emozioni che non mi sarei aspettata. Guardando Maisie che teneva il suo piccolo Max tra le braccia mi si strinse il cuore. Continuavo a fare i conti dell'età che avrebbe avuto il mio bambino se non l'avessi perso. Non conoscevo il sesso, ma il mio cuore era convinto sarebbe stata una femminuccia. Max aveva quasi diciotto mesi, mentre la mia piccola avrebbe avuto un anno in più di lui. Davanti ai due bambini di Maisie provai un profondo senso di lutto che non avevo mai superato. Grazie al cielo, appena dopo il nostro arrivo Beck aveva portato Carol a fare la nanna, altrimenti avrei reagito ancora peggio di fronte a una bambina così piccola.

Tieniti forte, Harlow. Ormai questa è la tua vita e non ti sei mai sentita tanto bene prima d'ora. Hai un lavoro che ami. Finalmente sei indipendente e vivi in un posto meraviglioso, circondata da nuovi amici. Non tutti sono così fortunati. Quindi ringrazia il cielo e lasciati il passato alle spalle.

La mia mente mi riportò a quella notte magica insieme a Max, a quell'intimità inaspettata che aveva rischiato di bruciarmi l'anima. Ma era senz'altro un'altra delle mie solite illusioni. Era proprio da me distorcere la realtà e vedere un qualcosa che in realtà non c'era. Max non l'avevo più sentito dal giorno della sua partenza. Continuavo a ripetermi, ancora e ancora, che le nostre vite si trovavano su due universi paralleli.

Capitolo Nove

MAX

"No," dissi fermamente, poggiandomi allo schienale.

Feci roteare la sedia della scrivania verso la finestra che si apriva sul profilo di San Francisco, dove avevo la sede centrale della mia azienda. Dopo gli anni al MIT avevo svolto qualche lavoretto qua e là, finché un giorno non decisi di fondare la mia piccola società di progettazione, incentrata su prodotti energetici sostenibili. Nel tempo aveva fatto passi da gigante e ormai avevo lasciato il lavoro pratico a qualcun altro. Essendo sempre stato bravo coi numeri, avevo cominciato a dedicarmi ad attività diverse, per esempio a investire in altre aziende. L'argomento della conversazione che stavo tenendo in quel momento era precisamente quello.

"Fai sul serio, Max?" mi domandò Owen.

Solitamente, quando dicevo di no nessuno osava opporsi. Ma Owen era diverso. Lo faceva ogni singola volta. Mi feci una risata, facendo scivolare lo sguardo fino al Golden Gate Bridge.

"Certo che sì," risposi, girandomi di nuovo verso lo schermo del computer, alzando gli occhi al cielo.

Come capitava almeno una volta alla settimana, eravamo in videoconferenza.

Owen scoppiò a ridere. "Secondo me ti sbagli. È un'ottima opportunità e non possiamo lasciarcela sfuggire. Ci sono alcuni brevetti su cui voglio mettere mano."

Owen gestiva la *Off the Grid,* una società energetica piccola ma prestigiosa con sede in Alaska. Avendo frequentato l'università insieme e lavorando nello stesso settore, negli anni avevamo portato avanti diverse collaborazioni. Ci dividevamo alcuni ingegneri e di tanto in tanto compravamo aziende in difficoltà. Owen mi aveva chiamato proprio per discutere di un affare.

"D'accordo, va bene," dissi. "Ma allora dobbiamo farlo subito. Almeno entro la prossima settimana."

Un sorriso tronfio gli incurvò le labbra. "Perfetto. Quindi vieni fin qui?" Voltò la testa e poi riportò lo sguardo sullo schermo. "Oh, c'è Ivy."

Qualche secondo dopo, si avvicinò con un sorriso a salutarmi. "Ehi, Max. Quindi hai appena accettato, vero?"

"E come avrei potuto non farlo? Lo sai com'è fatto, riesce sempre a estorcermi," risposi, ridacchiando. Però mi fidavo di Owen e del suo giudizio, quindi alla fine dei conti riusciva sempre a convincermi.

Ivy rise e poi gli stampò un bacio sulla guancia. "Hai fatto bene. Ho dato un'occhiata ai loro design e devo dire che alcuni non sono niente male."

Owen annuì e le passò un braccio attorno alla vita. "D'accordo, amore. Ma prima che cominci a descriverceli per filo e per segno, ricorda che ho una riunione tra cinque minuti."

Ivy amava da impazzire mettersi a parlare di ingegneria e dei dettagli più minuziosi. Essendo tra i migliori nel settore dell'energia sostenibile, aveva ogni diritto di decantare l'argomento quando più le pareva. Owen la conosceva molto bene, quindi aveva giustamente deciso di fermarla prima dell'inevitabile.

"Ok, ok," disse lei con una risata, facendo un passo indietro. Poi, guardando lo schermo, mi chiese, "Significa che dopo essere andato ad Anchorage passi anche qui a Diamond Creek?"

"È una mia impressione, o contavi che accettassi la proposta?" domandai a mia volta, rivolgendomi a Owen.

Al che, mi sorrise. "Ci speravo proprio. È un ottimo piano."

Ivy ripeté la domanda. "Quindi vieni anche a Diamond Creek?"

Un'immagine di Harlow May mi invase la mente. Era passato circa un anno dalla prima e ultima volta che ci eravamo visti. Non l'avrei mai ammesso ad alta voce, ma da quel giorno non avevo smesso un attimo di pensare a lei. Ci eravamo conosciuti proprio lì a Diamond Creek. Quella donna si era infilata nel mio cervello e aveva lasciato un segno profondo. Oh, non ero certo così sciocco da credere che tra di noi sarebbe mai sbocciato qualcosa, sebbene desiderassi rivederla con tutto me stesso.

In realtà avevo ripreso le mie solite abitudini. Avevo intrapreso alcune relazioni occasionali e distaccate che non servivano ad altro che soddisfare i miei bisogni fisici. Eppure, era come se non riuscissi mai a sentirmi pienamente soddisfatto. Frequentavo soltanto donne che da me non cercavano altro che sesso, quindi era un po' come se ci stessimo usando a vicenda. Infatti, non provavo alcun senso di colpa. Ma ogni cazzo di volta che me ne andavo — perché non passavo mai la notte con nessuna di loro — mi ritornava in mente Harlow e quelle *due* notti passate nello stesso letto. La prima, casta e innocente. Ma la seconda? La notte più incandescente della mia vita.

Harlow era riuscita a rovinarmi il sesso con qualunque altra donna.

Owen batté le nocche sulla scrivania, riportandomi con forza alla realtà. "Max, non mi pare una domanda tanto difficile."

Ecco quanto Harlow riusciva a tenermi occupata la mente. Mai e poi mai nella vita avrei confessato a Owen che la mia esitazione ad acquistare quella società di energie rinnovabili ad Anchorage derivava in parte anche dal terrore di poter incontrare di nuovo Harlow.

Ciò che più mi spaventava era quel desiderio irrefrenabile di volerla rivedere.

Scacciai via quei pensieri e mi strinsi nelle spalle, guardandolo negli occhi. "Scusami. Ho sentito delle voci in corridoio e mi sono distratto. Allora, Ivy, dato che la settimana prossima mi tocca salire fin lassù, ci vengo molto volentieri a Diamond Creek."

Ivy lanciò un gridolino emozionato e batté le mani. "Meraviglioso!"

"Ehm, certo, mi farà molto piacere potervi rivedere, ma come mai sei così entusiasta?"

"Perché abbiamo organizzato una cosuccia per il prossimo weekend. Voi due andate alla vostra bella riunione ad Anchorage e poi tornate qui," mi spiegò.

"E cos'è che avreste organizzato?" le domandai.

Alzò gli occhi al cielo, con un'alzata di spalle. "Un evento post-Ringraziamento e pre-Natale al lodge. Ci piacerebbe molto averti con noi. Sai che mi preoccupo per te."

Owen annuì, incrociando il mio sguardo con un

sorriso divertito sulle labbra. "Oh, te lo assicuro. Le piace fare da mamma a tutti quanti."

Ivy sbuffò e gli diede un calcio al ginocchio. "No, non voglio starti addosso come una mamma, però non mi piace pensarti a una riunione di lavoro il giorno della Vigilia. Resta per un mese, o anche di più, così puoi passare il Natale con noi. Per favore."

"Ancora non ho organizzato nulla, ma avevo comunque intenzione di restare per qualche settimana. Conoscendo la situazione, avremo un bel macello da ripulire. Prima passo a casa per il Ringraziamento e poi salgo in Alaska. Ma davvero, non c'è bisogno che ti preoccupi per me. Quando mi capita di dover lavorare il giorno della Vigilia è perché non avevo alternative."

"Oh, vabbè, come vuoi tu. Sei terribile come Owen, pensate sempre e solo al lavoro. Ti ricordi Harlow, sì?"

Porca miseria. Era telepatica, per caso?

Senza fare commenti inopportuni, risposi in tono piatto. "Certo che la ricordo. Era invitata al vostro matrimonio e per sbaglio ci avete mandati insieme a casa vostra, durante la luna di miele."

Nemmeno Owen sapeva cosa c'era stato tra me e Harlow.

Ivy si fece una risata. "Ah, già. Volevo far scattare la scintilla, ma non ha funzionato. Harlow mi ha detto che te ne sei pure andato subito perché ti è spuntato un impegno di lavoro."

Ignorai il primo commento, ma proprio non sapevo come interpretare il fatto che Harlow non le avesse parlato di quell'unica notte in cui ero rimasto lì con lei.

"Comunque sia, ci sarà un sacco di gente. Atterri ad Anchorage o Homer?" mi chiese, ritornando alla questione principale.

"Ma insomma, Ivy. Non ho ancora fatto i biglietti.

Ho accettato appena un minuto prima che arrivassi tu. Credo comunque ad Anchorage. Mi piace troppo il panorama dalla baia di Turnagain. E poi, se proprio vogliamo concludere l'affare, allora dobbiamo muoverci in fretta. Pensavo di restare qualche giorno ad Anchorage, prima di venire a Diamond Creek."

Ivy sfoderò un sorriso soddisfatto e diede un ultimo bacio sulla guancia a Owen prima di schizzare fuori dalla stanza con un, "A presto, Max!"

Dopodiché, io e Owen cominciammo a discutere dei vari dettagli inerenti all'acquisto. L'azienda in questione si era trovata in difficoltà economiche dopo un'espansione repentina e mal calcolata. L'avremmo acquisita a prezzo stracciato, presentandoci come la loro unica ancora di salvezza in quell'inferno in cui si erano cacciati da soli. Avevano ottime idee nel settore delle energie rinnovabili, ma avevano sperperato troppo capitale senza tenere in conto i rischi. Owen voleva i brevetti per i loro design. All'inizio non ero molto convinto, ma in realtà era una mossa vincente. Tranne per il fatto che mi sarei avvicinato troppo all'unica donna che non ero mai riuscito a togliermi dalla testa.

Io e Owen avevamo studiato insieme al MIT. Nel lavoro ci completavamo a vicenda, io mi occupavo dei conti e lui dei progetti. Erano pochi i soci di cui mi fidassi così tanto.

Stavo provando ad autoconvincermi che rivederla sarebbe stata la cura perfetta per cancellarla definitivamente dalla mia testa. Ne stavo senz'altro facendo un affare più grosso di quello che davvero era stato. Non avevo mai usato internet per indagare su una donna. Non prima di Harlow, perlomeno. La curiosità aveva vinto sul buon senso. Avevo scoperto che aveva cominciato a lavorare in una squadra hotshot di un piccolo paesino a nord-ovest rispetto ad Anchorage. Onestamente, perché avesse scelto di intraprendere una simile carriera rimaneva un mistero. Aveva rifiutato le proposte di lavoro di suo padre, tagliando tutti i legami finanziari per trasferirsi dall'altra parte del Paese. Di conseguenza, Howard l'aveva ripudiata pubblicamente.

A parer mio, invece, non c'era affatto da sorprendersi che avesse deciso di cancellare suo padre dalla sua vita. Tuttavia, la sua scelta l'aveva lasciata senza una famiglia sulla quale potesse appoggiarsi e proprio non riuscivo ad accettarlo. Ma scacciai via quei pensieri e mi alzai dalla scrivania, per poi infilare la giacca e andarmene. Essendo il dirigente, potevo gestire le giornate come più mi pareva. Solitamente, rimanevo volentieri in ufficio dall'alba fino a tarda sera, salvo giusto qualche eccezione. Ma in quel momento mi sentivo irrequieto e ansioso, quindi avevo bisogno di prendere una bella boccata d'aria.

La città mi andava stretta. All'inizio della carriera avevo sentito il bisogno di vivere in un centro urbano, ma con la posizione e i poteri che avevo raggiunto ero libero di fare qualunque cosa.

Harlow a parte, l'Alaska mi era piaciuta molto sin da subito. In fondo, la scelta di Owen di trasferire *Off the Grid* a Diamond Creek si era rivelata vincente. Nel nuovo mondo digitale, la residenza non aveva più tanta importanza come ce l'aveva un tempo. Con le connessioni giuste, era diventato possibile lavorare ovunque.

In quell'ultimo anno Harlow era stata una pericolosa fonte di distrazione. Era assurdo pensare che stavo per rifiutare un ottimo affare semplicemente per paura di poterla rivedere. Per quanto la tentazione fosse forte, sapevo anche che avrei corso un grosso rischio. Non ero abituato a desiderare qualcuno quanto desideravo lei.

Lasciai l'ufficio e passai a casa a cambiarmi prima di uscire a correre in un parco poco distante. Mi gettavo nell'esercizio fisico ogni volta che avevo bisogno di schiarirmi le idee. Per quel preciso motivo, in quell'ultimo anno il mio fisico aveva raggiunto il suo apice.

Quel giorno, per quanto stessi correndo come un forsennato, non riuscivo a non pensare al mio viaggio in Alaska e alla possibilità di rivedere Harlow. Dal nostro incontro non ero rimasto celibe, ma quella notte insieme era indimenticabile.

Magari, e solo magari, vederla un'altra volta l'avrebbe cancellata per sempre dalla mia mente. Volevo convincermi che quelle sensazioni che ricordavo di aver provato insieme a lei non rispecchiassero davvero la realtà.

Ah. Ti piacerebbe. Hai paura di lei. Perché, dopo anni, è riuscita finalmente a farti provare qualcosa.

Capitolo Dieci

HARLOW

I candidi fiocchi di neve cadevano leggeri al suolo, brillando sotto le luci che illuminavano la terrazza del Last Frontier Lodge. Bevvi un altro sorso d'acqua, voltandomi quando una voce chiamò il mio nome.

"Eccoti qui!" esclamò Ivy.

"Eh, già. Eccomi qui." Mi alzai dal tavolo e mi strinse forte tra le braccia. Già, andava matta per gli abbracci.

Avevo accettato il suo invito di passare il Ringraziamento e il weekend a Diamond Creek. A casa loro c'erano i suoi genitori, quindi stavo alloggiando al resort sciistico. Era un posto davvero splendido, che trasmetteva un'aura di lusso pur riuscendo a farmi sentire davvero a casa. Probabilmente perché Ivy mi aveva presentato tutti i dipendenti. Il lodge era di proprietà degli Hamilton, che trattavano ciascun impiegato come un membro della famiglia.

Giusto in quel momento, Delia Hamilton uscì dalla porta basculante della cucina, con un vassoio di sidro caldo corretto in mano. Al mio arrivo, mi aveva fatta accomodare a quel tavolo accanto alle finestre, abbastanza vicino alla cucina, assicurandomi che Ivy mi avrebbe trovata subito.

"Tempismo perfetto," affermò Ivy quando la vide. "Oggi mi si sono incrociati gli occhi a furia di guardare design. Ho proprio bisogno di farmi un goccetto. Tranquilla, poi non guido. A breve dovrebbe arrivare anche Owen."

Ivy si sedette di fronte a me, mentre Delia lasciava le tazze sul tavolo. "Tra poco vi raggiungo anche io. Nel frattempo prendete altro?"

"Sì, grazie. Io un burger di salmone. Mi sono dimenticata di mangiare prima di partire," risposi.

"Lo prendo anche io perché ho lavorato troppo e mi sono dimenticata di mangiare," aggiunse Ivy.

Delia ci rivolse un sorriso caloroso, con un lucichio nei grandi occhi azzurri. "Bene, allora due burger di salmone. Per il contorno di patate fritte, le volete normali o dolci?"

"Non c'è bisogno che ci servi tu, davvero. Non..." Delia scosse la testa, interrompendomi.

"È come se foste a casa mia, quindi fattene una ragione. Ah, e ovviamente la cena è offerta da noi," dichiarò, inflessibile.

"È una comandina," disse una voce maschile alle sue spalle.

Voltai la testa e vidi Garrett Hamilton, quello schianto di marito di Delia.

Lei alzò gli occhi al cielo e quando la raggiunse le stampò un bacio fugace sulle labbra.

"Stasera fino a quando lavori?" le chiese.

"Prendo quest'ultimo ordine e poi ho finito."

"Perfetto," replicò lui, facendole l'occhiolino, al che Delia si voltò per andarsene.

"Patate dolci, patate dolci!" le urlò dietro Ivy, e

Delia sollevò il pollice senza neanche voltarsi, tornando in cucina.

Garrett ci guardò. "Posso unirmi a voi, signore?"

"Ma certamente," rispose Ivy con un enorme sorriso, spostandosi una ciocca di capelli color ambra dietro l'orecchio. "Abbiamo un tavolo bello grande."

Garret si accomodò e, nel giro di pochi minuti, riuscì a farmi narrare le cronache della mia vita. Era un uomo molto alla mano e forse un po' troppo perspicace. Come i suoi fratelli, anche lui aveva i capelli scuri e due luminosi occhi azzurri.

Ivy mi aveva raccontato che un tempo era un avvocato aziendale di successo a Seattle. Stressato e spossato, si era trasferito a Diamond Creek dopo aver conosciuto Delia, di cui si era innamorato subito. Praticava ancora legge e molto probabilmente continuava a guadagnare un bel gruzzoletto. Ma vedendolo così spiritoso e allegro, facevo fatica a immaginarmelo in giacca e cravatta, con un lavoro serio come il suo.

Delia ci raggiunse poco dopo e la conversazione proseguì, tra un boccone e l'altro. Il sidro delizioso mi aveva aiutata tanto a rilassarmi e mi sentivo come avvolta da una morbida coperta calda. Era proprio ciò di cui avevo bisogno. A un certo punto, lo sguardo di Ivy schizzò alle mie spalle, probabilmente perché era arrivato anche Owen.

"Max!"

Oddio. Non poteva essere lo stesso Max Channing che conoscevo, giusto? Mi si drizzarono i peli sulla nuca e una vampata di calore mi travolse. Neanche l'avevo visto, magari non era nemmeno lui. Eppure, il mio corpo reagiva in quel modo assurdo soltanto sentendo il suo nome. Mi costrinsi a non voltarmi, ma qualche secondo dopo Owen arrivò al tavolo, con Max alle spalle.

Come sollevai lo sguardo, una forza magnetica si creò tra di noi. Sapevo che avrei dovuto salutare Owen, ma mi voltai subito verso Max. Trovai i suoi occhi in attesa, con un luccichio sorpreso in quell'azzurro ghiaccio.

Fiamme incandescenti mi scoppiarono dentro e mi mancò il respiro, mentre scosse elettriche riempivano l'aria. Inclinò leggermente la testa di lato, lo sguardo più intenso. "Ciao, Harlow."

Oh, santo cielo. Il solo suono della sua voce bastò a mandarmi in subbuglio lo stomaco, l'eccitazione già alle stelle. Avevo passato un anno intero a ripetermi che le mie fantasie superavano di gran lunga la realtà. Cominciarono però a venirmi seri dubbi.

Per qualche assurda coincidenza, a Max toccò sedersi accanto a me. Mi sentivo un po' su di giri, col cuore che martellava all'impazzata e uno stormo di farfalle nello stomaco. Dovevo però mettercela tutta per comportarmi come se nulla fosse.

Le buone maniere, Harlow. Ricorda le buone maniere. Cristo, che senso di déjà vu.

Dopo i soliti convenevoli, quando tutti erano seduti al proprio posto, Max si voltò a guardarmi. "Come stai?" mi domandò.

Una domanda normalissima. Eppure, il suono della sua voce mi provocò un delizioso brivido in tutto il corpo. Non avrei mai potuto dimenticare quella voce.

Per qualche miracolo, mi sentivo abbastanza in controllo su me stessa, nonostante il tormento interiore. Nessuno avrebbe mai potuto percepire il mio stupore, a meno che non potesse entrarmi nella testa.

"Tutto bene," risposi.

Wow. Due parole di senso compiuto.

Per quanto brevi, in un momento come quello erano un grande traguardo. Tirai un sospiro di sollievo quando qualcuno che non riuscii a identificare gli disse qualcosa, distogliendo la sua attenzione. Nel giro di qualche minuto ci raggiunsero altre persone, tra cui Marley, la cognata di Garrett, insieme a suo marito Gage. Tra chiacchiere e risate, mi resi conto che eravamo circondati da coppie felicemente sposate. Ivy e Owen, Delia e Garrett, Marley e Gage. Perfino sua sorella Lacey e il marito Quinn, che erano passati a salutare.

La presenza dominante di Max era tentazione pura, tanto che non riuscivo a pensare ad altro. E io che pensavo fosse tutto frutto della mia fervida immaginazione. Sentivo il corpo in fiamme, semplicemente perché era seduto lì al mio fianco.

Col pilota automatico inserito, sfruttai al massimo le mie buone maniere per conversare amabilmente con il gruppo. A un certo punto, Max si voltò a guardarmi con una birra in mano, tenendo l'altra sul tavolo. Perfino le sue mani erano sexy da impazzire.

Lo conoscevo un po' meglio rispetto all'anno prima. Non riuscendo a resistere, avevo fatto qualche ricerca su internet. Non mi aveva mentito sul suo lavoro, ma era rimasto comunque molto sul vago, dicendomi che si occupava di affari. Avevo in seguito scoperto che aveva una marea di soldi e si occupava principalmente di aziende nel settore delle energie rinnovabili. Poiché mio padre era un investitore importante per l'azienda di Owen e Ivy e per altre società emergenti nel settore, era molto probabile che Max avesse capito subito chi fossi.

Mio padre lo consideravo un grandissimo stronzo, ma non era di certo un idiota. Di certo non investiva capitale per ragioni di altruismo. Gli piaceva puntare ai pesci più piccoli e promettenti, così da ottenere il massimo dall'investimento.

"E questo 'bene' cosa starebbe a significare?" mi domandò Max.

La sua espressione era impassibile, quasi imperscrutabile. Speravo che neanche lui riuscisse a leggere la mia. Sentivo le guance in fiamme, ma magari la luce fioca del ristorante riusciva a celarle. Avevo chiesto il bis di sidro per sciogliermi un po' e dissolvere la tensione che mi stringeva lo stomaco.

Stentavo a crederci, ma era passato un anno intero dall'ultima volta che avevo fatto sesso. L'ultimo rapporto, con Max. Non che normalmente avessi una vita sessuale molto attiva. Affatto. Per anni, ero stata una monogama seriale. O almeno, tra i due della coppia io lo ero stata.

Max, o meglio quell'unica notte passata con lui, mi aveva sconvolta talmente nel profondo che per una volta non ero corsa a cercare il prossimo uomo da cui farmi prendere per i fondelli.

Quando Max inarcò un sopracciglio, mi resi conto che ci stavo mettendo troppo a rispondere. "Che sono serena e non ho alcun problema, diciamo. Tu, invece?"

"Sempre molto impegnato." Fece una pausa e bevve un sorso di birra, cominciando a far rigirare la bottiglia tra le dita dopo averla riappoggiata sul tavolo. Immagini di quella notte di pura estasi mi tornarono alla mente, ma le scacciai via subito. "Beh, com'è la vita da pompiere? Ti piace?"

La sua domanda mi colse alla sprovvista, se non altro perché non mi aspettavo che si ricordasse un simile dettaglio. Io avevo scoperto su internet che Max frequentava eventi di spicco a San Francisco — raccolte fondi, inaugurazioni di musei e così via — accompagnato sempre da qualche donna bellissima. Ormai ero fermamente convinta che si fosse dimenticato del tutto di me. Ero piuttosto sicura che non avesse passato un anno intero senza fare sesso, eppure quella sua domanda mi aveva sorpresa davvero tanto.

Sorseggiai il mio sidro e lo guardai negli occhi, facendo appello a tutto il mio autocontrollo. Misura necessaria, perché sentendolo così vicino, con quegli occhi azzurri nei miei e un sorrisetto che gli incurvava le labbra, morivo dalla voglia di baciarlo. Max riusciva a tirare fuori il lato più selvaggio e ardito di me.

Inclinando la testa di lato, mi lasciò intendere di nuovo che ci stavo mettendo *ancora* una volta troppo a rispondere. "Avevi detto di aver finito l'addestramento, giusto?"

"Esatto," risposi, annuendo vigorosamente. "Mi piace." Feci una pausa e presi un bel respiro. "Anzi, lo adoro. Ho trovato una squadra a Willow Brook, a qualche ora a nord rispetto a qui."

"Non dista molto da Anchorage, giusto?"

Annuendo di nuovo, bevvi un altro sorso.

"Dovrò restare ad Anchorage per un po' di tempo, sai?"

"Oh, e come mai?"

Mi rivolse un sorriso mesto. "Io e Owen stiamo comprando un'azienda che ha sede lì. Avrò una montagna di lavoro da fare. Magari una volta possiamo uscire a cena."

Lo guardai dritto negli occhi, mentre un vortice di pensieri prendeva a turbinarmi nella testa. Max stava andando ad Anchorage. E io che mi ero convinta non ci saremmo mai più rivisti. Ma in fondo avevo già accettato l'invito di Ivy quel weekend, pur sapendo che ci sarebbe stato anche lui. Per quanto fosse pericoloso, la mia curiosità era riuscita a prevalere sul buon senso.

Max inarcò un sopracciglio, con un luccichio negli occhi. "Quindi niente cena?"

La parte razionale del mio cervello mi gridava *no,*

ma quella più sognante, quella che riusciva sempre ad avere la meglio sul buon senso, era molto più convincente.

Sì! Certo che sì. Una cena con Max? Potrebbe finire in un'altra notte di paradiso.

Mi ritrovai ad annuire ancora prima di aver messo ordine tra le idee. Al mio consenso, un sorrisetto divertito apparve sulla bocca di Max. Il mio stomaco prese a fare le capriole, mentre mi sentivo travolgere da una vampata di calore.

"Intendi che sì, niente cena? Oppure era un sì per la cena?" mi chiese.

Annuii e poi scossi la testa, confondendolo ulteriormente. Con le guance in fiamme, mi feci una risata. Non c'ero affatto brava. Con una timida scrollata di spalle, specificai, "Era un sì per la cena."

La voce uscì in un lieve sussurro e cominciai subito a pentirmene. Era una pessima idea. Che senso aveva uscire a cena con un uomo che aveva invaso le mie fantasie per un anno intero, dopo una singola notte di passione?

Da come me ne aveva parlato Ivy, Max era un bravo ragazzo che però non cercava relazioni serie. Il motivo non lo sapeva, ma ipotizzava che gli avessero spezzato il cuore, costringendolo a rinchiudersi in se stesso per proteggersi.

Mi ero dunque convinta che un uomo del genere si sarebbe innamorato soltanto della donna giusta. Ecco un'altra delle mie pessime abitudini, ovvero farmi prendere da chi non aveva il minimo interesse per l'amore e il romanticismo. Perché, nella mia testa, ero sicura che sarei riuscita a fargli cambiare idea.

Gli occhi azzurri di Max si fecero più intensi. "Molto bene. Ora dimmi un po' come ti stai trovando in Alaska, come hotshot."

Tutta la sua attenzione era concentrata su di me. Mi faceva sentire piccola piccola. Bevvi un sorso di sidro e poi feci un bel respiro profondo, cercando di placare il martello del mio cuore. Ma fu tutto inutile.

"Mi trovo benissimo. Avevo bisogno di cambiare aria."

"Come mai?"

Per mio immenso stupore, sentivo di volergli rispondere onestamente. In fondo, se avesse voluto davvero saperlo avrebbe potuto chiederlo a Ivy. "Beh, mio padre è dirigente di azienda e si occupa principalmente di investimenti. Voleva lasciare tutto nelle mie mani, ma non sono interessata. Per niente."

"Sai, in realtà conosco tuo padre."

La notizia non mi sorprese affatto. Non con Owen come conoscenza in comune, non quando ruotavano entrambi intorno allo stesso settore.

"Oh," mormorai, chiedendomi da quanto tempo lo sapesse. "Da quanto lo conosci?"

Max sorseggiò della birra. "Da un po', in realtà. L'ho conosciuto tramite Owen. Se fossi un uomo educato ti verrei a dire che è proprio una brava persona. Ecco, non riesco proprio a essere così educato. Dunque ti confesso che lo trovo un vero stronzo. Però mi sorprende che tu sia fuggita da tutti quei soldi," disse senza mezzi termini.

Scoppiai a ridere, stupita dalla sua franchezza e allo stesso tempo rincuorata. I leccapiedi erano fin troppi. Mio padre investiva in aziende di tutto il mondo, in svariati settori, quindi la gente preferiva entrare nelle sue grazie. Che a Max non potesse fregargliene di meno era proprio una bella ventata d'aria fresca.

Alla mia risata, Max si strinse nelle spalle. "Immagino di non averti offesa. Meno male."

"Oh, no, affatto. È vero, mio padre *è* uno stronzo.

Magari, se non fosse stato così rompicoglioni, avrei anche potuto accettare. Ma tra il suo caratteraccio e il fatto che non ho alcun interesse negli investimenti, è stato molto facile tagliare i ponti."

"E lui che ne pensa della tua carriera?"

Una grande tristezza mi piombò addosso. Certo, ero contenta della mia scelta e non me ne pentivo, però allo stesso tempo mi sentivo sola al mondo. Non che un tempo le cose fossero molto diverse, ma ormai mio padre aveva cominciato a ignorarmi come se non esistessi.

"Non è contento," risposi. "Non ci parliamo da circa sei mesi. Ma non abbiamo comunque mai avuto un buon rapporto. Se lo conosci, saprai anche che gli piace usare tutto il suo potere e la sua influenza. Quando non ottiene ciò che vuole, dà di matto."

Presi di nuovo il bicchiere, trovandolo vuoto. Ma forse era meglio così. Ero già brilla e non volevo peggiorare la situazione. Non potevo rischiare di diventare troppo emotiva, con tutto quel desiderio che mi ardeva dentro e che stavo cercando disperatamente di tenere a bada.

"Dimmi un po', Max," esordì Ivy, seduta davanti a noi, interrompendo la conversazione al momento giusto, "quanto tempo pensavi di rimanere ad Anchorage?"

Con grande disinvoltura, Max la guardò e le rivolse un sorriso. "Un mese, come minimo. Forse di più. Dipende dalla situazione che mi ritrovo tra le mani." Poi si voltò verso Owen, scuotendo lentamente la testa. "A me tocca la parte peggiore dell'acquisto. Devo passare al setaccio i registri contabili per stabilire la portata dei danni. Mentre voi due invece avete la parte più divertente... ovvero frugare tra i vari brevetti e prendervi quelli che vi piacciono di più."

Ivy scoppiò a ridere, scuotendo la testa. "Guarda che non è affatto divertente. A volte le cose possono diventare spiacevoli, in questi casi. Però la nostra offerta prevede di tenere tutti gli ingegneri, giusto?" domandò, guardando Owen e Max.

Owen, col braccio drappeggiato sulle spalle di lei, si voltò a stamparle un bacio sulla tempia. "Certo."

Capitolo Undici

MAX

Ero avvolto dal profumo di Harlow. Ecco un'altra prima esperienza. Non mi era mai capitato di ricordare il profumo di una donna. Eppure, quello di Harlow mi era rimasto impresso. Anche senza vederla, sarei riuscito a riconoscerla perfino in mezzo a una folla. Sapeva di miele e vaniglia, con una punta di muschio. Porca miseria, mi teneva per le palle senza neanche rendersene conto.

Avrei dovuto chiedere in anticipo chi ci sarebbe stato quella sera con noi, così da potermi preparare psicologicamente a rivederla. Avevo cercato con tutto me stesso di togliermela dalla testa, di minimizzare l'effetto che riusciva ad avere su di me, quindi alla fine mi era passato di mente.

In realtà, non mi sarei neanche dovuto mai porre il problema. Non era da me lasciarmi influenzare a quel modo da una donna. Non mi ero mai trovato in quella situazione. Ma il solo e semplice fatto che Harlow esistesse nel mio stesso mondo mi aveva gettato in una spirale di desiderio, passione e anche qualcos'altro.

L'hai invitata fuori a cena. Ma sei impazzito, per caso?

Sì, ero impazzito. Ma quella donna era riuscita a conquistarmi nel profondo, quindi non me ne sarebbe potuto fregare di meno. Anzi, stavo proprio prendendo in considerazione l'idea di passare un'altra notte con lei. Quella *stessa* notte. Potevo solo dedurre che stesse soggiornando al lodge.

Non mi recavo spesso a Diamond Creek. La mia vita era fin troppo frenetica per permettermi viaggi di piacere in Alaska. *Direi che le cose devono cambiare.* Assolutamente.

Ma scacciai via quei pensieri perché non era il momento di soffermarmi a rimuginare sul mio turbamento interiore. L'ago della bussola continuava a roteare senza mai indicare una direzione precisa, per quanto mi sforzassi di prenderne una. La tentazione di abbandonarmi completamente in Harlow era troppo forte da ignorare. Ma nonostante tutto, la mera idea mi faceva scattare centinaia di campanelli d'allarme nella testa.

Mi ritenevo un uomo razionale, ma quel fuoco che Harlow era riuscita ad accendere in me aveva arso completamente la mia ragione. Seduti così vicini, percepivo il calore emanato dal suo corpo. Di conseguenza, l'erezione pulsante premeva contro la cerniera dei pantaloni.

Era davvero assurdo non riuscire a controllare il mio corpo. Sebbene avessi permesso a una donna di calpestare il mio cuore, nel sesso ero sempre riuscito a mantenere il controllo. Il che era tutto dire, dato che ai tempi di quella terribile esperienza ero ancora molto giovane. Parlando per esperienza personale, l'adolescenza e i primi anni dell'età adulta di un uomo erano dettati principalmente dal proprio cazzo.

Harlow aveva i capelli sciolti, i riflessi lucidi nella penombra della sala del ristorante. I suoi occhi grandi ricordavano un po' il colore del cioccolato e dell'espresso, due piccoli piaceri che amavo, ma che nulla potevano in confronto all'abisso in cui mi stavo perdendo. Aveva uno sguardo molto espressivo.

Ricordavo con precisione il momento esatto in cui ero riuscito a far crollare le mura che aveva intorno. Aveva alzato di nuovo le difese. Era molto cauta e vigile, lasciando intravedere soltanto qualche lampo di vulnerabilità negli occhi. Rispetto al vestito elegante che aveva indossato al matrimonio, quella sera portava una camicetta attillata di un bel blu intenso. La profonda scollatura a V lasciava intravedere la deliziosa valle tra i seni. Aveva completato il look con dei jeans e un paio di stivali da cowboy. Qualche minuto prima si era alzata per andare in bagno e l'avevo seguita con lo sguardo, immaginandola completamente nuda e con gli stivali ai piedi a cingermi la vita.

Owen mi interpellò, distogliendo la mia attenzione da Harlow. Non era decisamente né il momento né il luogo per perdermi in simili fantasie. Se proprio dovevo essere onesto con me stesso, ogni volta che ce l'avevo accanto non riuscivo a concentrarmi su molto altro. Però, per cortesia, provai a metterla momentaneamente da parte per parlare con Owen. Cominciammo così a discutere del nostro nuovo acquisto, concluso in quei due giorni passati ad Anchorage. Avrei trascorso il weekend al lodge e poi sarei tornato a occuparmi della nuova azienda.

Mi aspettavano settimane intense. Ma in fondo ci ero abituato. Gli uffici brulicavano di personale che aveva lavorato per i proprietari precedenti, quindi si sarebbero senz'altro create tensioni. Ormai apparteneva tutto quanto a noi, perfino le graffette che tenevano nei cassetti delle scrivanie. In quella fase Owen si offriva sempre volontario per gestire le interazioni, per quanto lo odiasse incredibilmente.

Non che a me piacesse più di tanto, ma probabilmente perché affrontavo la situazione con maggiore indifferenza. Dentro di me sapevo che eravamo entrambi degli ottimi dirigenti e che ci trovavamo di fronte a dipendenti leali che avevano rischiato di perdere il lavoro a causa degli errori di giudizio dei precedenti capi. Non eravamo lì per fustigare qualcuno. Non era il nostro modo di lavorare. Nelle circostanze migliori, ci aspettava giusto qualche settimana di assestamento. E pensare che Harlow sarebbe stata a due passi da me rendeva il tutto molto più tollerabile.

Iniziò a farsi tardi, quindi il gruppo si sciolse lentamente. Harlow si alzò ad abbracciare Ivy, che poi venne al mio fianco per salutarmi con un bacio sulla guancia. "Grazie per essere venuto, Max. È stato un vero piacere."

"Figurati. È sempre bello fare due chiacchiere."

Mi voltai, rendendomi conto troppo tardi che Harlow era sgusciata via mentre ero distratto. All'ultimo momento, intravidi le sue ciocce scure mentre superava l'arcata accanto alla zona reception.

Presi subito la giacca e le corsi dietro, grato che i convenevoli si fossero conclusi. Mai nella vita mi sarei aspettato che un giorno avrei inseguito la donna di cui ero invaghito per le sale di un resort sciistico. Camminavo a passo svelto e raggiunsi la zona reception in un lampo, trovando di nuovo i lunghi capelli di Harlow e il suo delizioso fondoschiena. Ricordavo ancora com'era stato stringere quelle ciocche setose tra le dita mentre la stavo prendendo con forza da dietro.

Quella notte insieme era stata una vera e propria maratona. L'avevo fatta mia almeno tre volte, se non persino di più. Ero un uomo preciso e calcolatore, ma con lei mi ero lasciato andare completamente, tirando fuori il lato più selvaggio e passionale di me.

E quella era anche stata l'unica notte passata insieme alla donna con cui avevo appena fatto sesso. Di solito, conclusa la transazione, prendevo e me ne andavo. Ma con lei il tempo aveva perso ogni significato, quindi tutto era concesso.

Voltai l'angolo che portava agli ascensori e trovai Harlow che ammirava i monti da una finestra. Le cime erano già innevate, nonostante fossimo soltanto a fine novembre. La mezzaluna stava sorgendo dietro le montagne, proiettando un bagliore argentato sul panorama.

Mi fermai al suo fianco. "Harlow."

Sobbalzò un poco al suono della mia voce, inspirando violentemente. Il suo sguardo color espresso incrociò il mio, mentre un leggero rossore le tingeva le guance. Porca troia. Ero abituato a un certo senso di equilibrio interiore che mi faceva spesso sentire in una posizione di controllo.

No, non ero di *quelli*. Ovvero uno di quegli stronzi che si sentivano potenti e amavano controllare gli altri. Piuttosto, preferivo non lasciare mai nulla al caso e condurre la mia vita per la strada che avevo scelto. Il fatto che il rapporto con Harlow avesse messo in luce tutto ciò che davo per scontato mi irritava particolarmente. Era riuscita, almeno in parte, a mutare la percezione che avevo delle donne. Non ero solito soppesare le mie intenzioni, ma con lei sentivo di doverlo fare, perché la volevo da impazzire. Sotto quella superficie di desiderio selvaggio e animalesco brillava un qualcosa che non riuscivo a identificare, ma che comunque mi destabilizzava.

Restammo a guardarci per qualche secondo, l'intensità del momento interrotta dal tintinnio dell'ascensore che raggiunse il piano. Harlow si voltò di scatto e si avvicinò a passo sostenuto. Senza la minima esitazione, la seguii dentro.

Quando la raggiunsi, mi lanciò un'occhiata. "A che piano vai?"

Avevo già notato che avremmo soggiornato sullo stesso piano. "Terzo."

Premette il pulsante e il numero si illuminò di un blu tenue. Fece dunque un passo indietro e poggiò la mano sul corrimano, sollevando l'altra per attorcigliarsi una ciocca attorno al dito.

Mi si spense momentaneamente il cervello. Feci qualche passo verso di lei, senza considerare le conseguenze. Arrivato al suo fianco, il dolce profumo di vaniglia mi arrivò alle narici. Alla vista del battito frenetico che le pulsava sotto la pelle sottile del collo, un'ondata di desiderio mi travolse e mi venne di nuovo duro.

L'intensità dell'attrazione che provavo verso di lei mi stava consumando. A peggiorare le cose c'era il fatto che avevo potuto gustarla già una volta. Sapevo quanto fosse morbida e setosa la sua pelle, quanto fosse bello sentirla stringersi attorno a me come una morsa, quanto fosse selvaggia sotto le lenzuola. Preferiva nascondersi dietro alte mura, mostrandosi forte e misurata al mondo esterno, ma quando si riusciva a far breccia in quelle sue difese era come se tutto ciò che teneva dentro si riversasse fuori nello stesso momento.

Non distolse mai lo sguardo dal mio e notai un qualcosa che le lampeggiava negli occhi. Per qualche assurdo motivo, ogni volta che mi guardava sentivo una strana stretta al cuore, un qualcosa che non provavo spesso. Bastava una sua occhiata per farlo battere all'impazzata. Nel frattempo, la solita calamita pareva attirarmi sempre più vicino. Senza riuscire a fermarmi, feci un altro passo avanti e presi tra le dita quella ciocca che stava torturando. Avvolsi la mano attorno alla sua e mi avvicinai ancora, al che trattenne il fiato.

A separarci erano rimasti giusto meri centimetri. Harlow fece un respiro profondo e sentii il seno premere contro il mio petto. Aveva il cuore a mille e il viso rosso come un pomodoro.

"Avevamo delle regole," sussurrò.

Ci misi un secondo a comprendere le sue parole. "Ah, giusto. Perché non mi rinfreschi la memoria, allora?"

Vedevo che stava cercando di correre ai ripari, come se volesse sparire. Però non mi spinse via, quindi la presi come una vittoria.

"Avevamo detto che l'avremmo fatto soltanto una volta, che avremmo mantenuto le distanze se mai ci fossimo rivisti."

"È vero. Però sei come una calamita e non riesco a starti lontana. Ti voglio. Quindi come facciamo?"

Rimasi in attesa di una sua reazione. Ero pronto a farmi da parte, in caso mi avesse rifiutato, ma ne avrei senz'altro sofferto.

Harlow rimase ferma a guardarmi, gli occhi strabuzzati. Riuscivo come a sentire le rotelle della sua testa che giravano alla velocità della luce. Ci mise così tanto a rispondere che il suono della sua voce parve dare un leggerissimo colpo di frusta al desiderio che mi vorticava dentro.

"Non... Non lo so. Però..." Si interruppe, voltando la testa di lato.

Le carezzai il braccio, lasciando la mano sulla curva del fianco. L'attesa mi stava uccidendo. Sentivo il bisogno viscerale di baciarla.

"Non credo sia una buona idea," confessò infine.

E aveva assolutamente ragione. Era una pessima, pessima idea. Era già riuscita a conquistare ogni parte di me, il desiderio di farla di nuovo mia mi stava consumando.

Eccomi, un uomo che tendeva a fuggire da qualunque legame affettivo, che stava lì a parlare con una donna di emozioni. "Di cos'hai paura?"

Quasi non mi resi neanche conto che l'ascensore aveva raggiunto il nostro piano. La porta si aprì con un sussurro e il vociare nel corridoio mi riportò con forza alla realtà.

Senza pensare, la presi per mano e mi voltai, aspettandomi che mi seguisse. E così fece, almeno all'inizio. Dopo qualche passo si fermò e diede un leggero strattone al mio braccio. Eravamo rimasti soli dopo che il gruppo aveva preso l'ascensore che avevamo appena lasciato.

"Che c'è?" le chiesi.

"Non credo sia una buona idea," ripeté.

"Lo so. Voglio solo trovare un posto appartato per parlare."

Sicuramente non se l'aspettava, perché eruppe in una risata. "Oh, ok. Beh, questa è la mia stanza," disse, indicando la porta accanto a lei.

Una volta dentro, si avvicinò alla finestra. Visibilmente nervosa, si passò le braccia attorno al corpo e puntò lo sguardo sui monti. Il tenue bagliore della luna illuminava una parte del panorama. L'altra, invece, era velata dalle ombre degli alti alberi che coprivano le pendici.

"Spiegami perché non sarebbe una buona idea."

Mi fermai al suo fianco, percependo tutta la tensione che emanava il suo corpo. Si voltò a guardarmi e il dolore che lessi nei suoi occhi fu come la lama di un pugnale infilzata nel cuore. Qualcuno l'aveva ferita ed ero pronto a farlo fuori con le mie stesse mani.

Quel pensiero assurdo mi strappò quasi una risata. Prendere decisioni avventate e dettate dalle emozioni non era decisamente nel mio stile. Figuriamoci mettere un bersaglio addosso a un completo sconosciuto che poteva averla ferita come non averlo fatto.

Harlow distolse lo sguardo e scosse la testa. "Non ha importanza, in realtà. Voglio baciarti un'altra volta," disse, lasciandomi assolutamente di stucco.

Sarebbe stato difficile accontentarmi di un bacio, ma non avrei mai potuto rifiutare quell'offerta tanto appetitosa. In un lampo, si avvicinò e mi passò una mano dietro la nuca, inarcando la schiena contro di me quando chinai la testa per andarle incontro. Nell'istante in cui le nostre labbra si toccarono, una scossa elettrica mi attraversò dalla testa ai piedi. Non sapevo cos'era che volesse da quel bacio, ma un secondo dopo infilò la lingua tra le mie labbra, cercando la mia per sfidarla a una danza sensuale. Nella passione del momento, le carezzai lentamente la schiena fino a palparle il sedere. I nostri corpi combaciavano alla perfezione, il suo seno premuto contro il mio petto e l'erezione poggiata nel suo punto sensibile.

Porca troia. Quella donna mi incendiava anima e corpo. Ce l'avevo duro come il marmo e la desideravo tanto ardentemente da non riuscire quasi a respirare. Mi tuffai nel calore così dolce della sua bocca, che pareva creata appositamente per la mia, carezza dopo carezza, morso dopo morso. Baciava con una furia magica, mettendoci tutta se stessa.

Ma, fin troppo presto, si staccò dalle mie labbra e fece qualche passo indietro. "Vedi?" affermò. "È per questo che è una pessima idea. Mi fai letteralmente impazzire. Ho la terribile abitudine di innamorarmi di uomini che da me non vogliono nulla."

Avrei voluto chiederle di approfondire, ma quando la guardai notai il modo in cui lacrime amare le facevano scintillare gli occhi. Non desideravo altro che stringerla tra le braccia e proteggerla dal mondo intero, un pensiero assurdo per un uomo come me.

"Harlow..." cominciai.

Mi interruppe. "Ti prego, Max. Ormai immagino che ci rivedremo ancora, ma se non te ne vai subito rischio di fare qualche stronzata. Ma non voglio."

Quanto avrei voluto implorarla di lasciarsi andare e fare tutte le stronzate che voleva. Non pensavo potesse essere più temeraria e sconsiderata di me. Il desiderio che avevo di lei sovrastava qualunque buon senso, rendendomi letteralmente folle. Avevo perso il controllo sui miei pensieri e sul mio corpo, mentre il cuore sentiva la mancanza di emozioni perdute ormai da tempo.

Ma non rimasi lì a implorarla. Dentro di me, sapevo di non dover insistere. Metaforicamente parlando, riuscivo come a vederla tirarsi una coperta di dignità sulle spalle e stringerla forte, per paura che potesse cadere al suolo. Senza attendere un istante di più, mi voltai per andare alla porta. Con estrema cortesia, mi seguì e rimase a guardarmi in silenzio.

"Non finisce qui, Harlow," le dissi, guardandola dritta negli occhi.

Poi chinai la testa e le stampai un bacio sulle

labbra, preparandomi a quella familiare scossa elettrica.

Tornai alla mia suite, giusto in fondo al corridoio, e mi feci una doccia fredda per placare la libido. Una volta a letto, mille pensieri continuavano a tenermi sveglio. Ancora non riuscivo a comprendere perché non riuscissi a dimenticarla.

Capitolo Dodici

HARLOW

Il mattino seguente, mi svegliai nella mia stanza al Last Frontier Lodge. Da sola. Immagini della sera prima mi invasero la mente, quando avevo ceduto a un momento di debolezza e avevo baciato Max. Al solo ricordo, provai un formicolio sulle labbra e un senso di vertigine. L'attrazione che sentivo per lui era travolgente come un fiume in piena. Neanche io riuscivo a credere di aver trovato la forza di fermarmi e dirgli la verità, ovvero che continuare sarebbe stata una pessima idea.

Lacrime calde mi affiorarono agli occhi. Seccata con me stessa, spinsi via le coperte e andai a farmi una doccia. Non stavo per piangere per Max. Piuttosto, rimpiangevo tutte le mie pessime scelte in fatto di uomini. Non che ce ne fossero stati tanti, nella mia vita, ma ogni singola volta lo schema era lo stesso. Costruivo castelli in aria immaginando di aver trovato quell'amore di cui avevo disperato bisogno, aggrappandomi a nient'altro che false speranze.

Non potevo permettermi di consegnare il mio sciocco e ingenuo cuore a un uomo con obiettivi tanto diversi dai miei. Continuavo a ripetere a me stessa le parole della psicologa che avevo visto dopo aver perso la mia bambina.

Era stato un periodo terribile, che mi aveva ferita nel profondo.

In uno stato di subbuglio interiore che mi destabilizzava, agitata da un tornado di emozioni da cui non potevo fuggire, sollevai lo sguardo sulla mia psicologa. I suoi occhi marroni trasmettevano calore, ma erano indecifrabili.

"Harlow, lo so che vuoi trovare l'amore. È così per tante altre persone. Ma forse dovresti rivedere i tuoi metodi. Devi tenere a mente che nessuno potrà mai sostituire ciò che hai perso alla morte di tua madre e quando tuo padre ha cominciato a trattarti come un fardello."

Cominciò a farmi tutto un discorso sulla ricapitolazione, ovvero la mia tendenza a ricreare all'infinito quella stessa dinamica che avevo con mio padre. I dettagli me li ero persi, ma il concetto mi accese qualcosa dentro.

"Secondo lei sto facendo così?" le chiesi, tirando su col naso. Stavo piangendo. Di nuovo.

Quando annuì lentamente, presi un bel respiro profondo. Provai un certo senso di calma, perché finalmente qualcuno mi stava dando un quadro della situazione, spiegandomi perché non riuscissi a portare avanti alcuna relazione.

Quella conversazione mi aveva aperto gli occhi e avevo ragionato molto sulle sue parole. Da quel giorno, non mi ero più gettata in alcuna relazione distruttiva. La mia vita sessuale si era ridotta a una singola notte di sesso sfrenato, la più incredibile che avessi mai avuto.

Sotto la doccia, mentre il vapore faceva evaporare il dolore che mi bruciava il cuore, provai un certo senso di orgoglio. Ero riuscita a mettere dei paletti a cui aggrapparmi saldamente per non perdere del tutto la ragione. Tornai in camera a vestirmi e Max danzò di nuovo tra i miei pensieri. Lui non era uno stronzo. Me lo sentivo. Ma non perché fosse un ottimo amico di

Owen. L'anno prima, quando avevo stabilito quelle due famose regole, mi aveva fatto capire che non era in cerca di una relazione. L'aveva detto esplicitamente. Dovevo dunque mettermi il cuore in pace e non farmi illusioni.

Inoltre, da quel poco che avevo scoperto online sul suo conto, avevo capito che le relazioni serie non era proprio fatte per lui. Usciva sempre con donne diverse, tutte ben felici di farsi vedere insieme a lui e avere quei pochi minuti di notorietà.

Ma io non rientravo in quel profilo. Affatto.

———

Più tardi, scesi al ristorante per fare colazione. Mentre mi facevo i fatti miei, con un caffè in mano e una deliziosa omelette davanti, percepii la presenza di Max ancora prima di vederlo. Mi si drizzarono i peli sulla nuca e un brivido mi corse lungo la schiena.

Neanche feci in tempo a girarmi che raggiunse il tavolo e mi guardò. I capelli neri erano umidi, gli occhi azzurri luminosi come il cielo. I lineamenti decisi e affilati erano uno spettacolo. Una bellezza come quella di Max Channing doveva essere illegale. Emanava un'aura di pacata sicurezza, di forza e virilità primordiale. Non c'era niente di femminile in quell'uomo. Porca miseria, avrei passato ore intere ad ammirarlo.

Grosso campanello d'allarme.

"Posso sedermi?" mi chiese.

Dentro di me sapevo di dover rifiutare, ma non volevo farlo. Volevo che si sedesse con me, fare colazione insieme e poi portarlo nella mia stanza e perdermi per ore in lui e in quel desiderio che mi pulsava dentro come un tamburo.

Pazza, ero assolutamente pazza.

Proprio mentre mi stavo preparando a reggere con più forza le redini del mio controllo, Delia apparve al nostro fianco e ci rivolse un sorriso caloroso. "Buongiorno, ragazzi. Ti porto un caffè, Max? Se non ricordo male, prendi l'espresso, giusto?"

"Ricordi benissimo," le rispose, accennando un sorrisetto che mi scosse tutta.

Era come se i miei ormoni avessero messo su uno spettacolo per lui, un bel balletto per dimostrare ai *suoi* ormoni quanto erano felici di vederlo.

A quel punto, mandarlo via sarebbe stato maleducato. Ovviamente Delia immaginava che avremmo mangiato insieme, avendo amici in comune. L'omelette l'avevo appena toccata, quindi era piuttosto palese che avessi cominciato a mangiare da poco.

"Torno subito con il tuo caffè e porto anche il bis per te," affermò Delia, lanciando un'occhiata alla mia tazza quasi vuota.

"Grazie mille."

Gentiluomo com'era, Max aspettò una mia conferma per sedersi. Indicai dunque la sedia davanti a me. "Accomodati pure."

Un altro sorrisetto gli incurvò le labbra e mi scappò quasi da ridere. Bastava che quell'uomo sorridesse e i miei capezzoli schizzavano sull'attenti solo per lui.

Appena si sedette, mi resi improvvisamente conto di quanto era piccolo quel tavolo. Ero seduta accanto alle finestre, a uno dei tavolini quadrati. Dall'altra parte della sala, invece, c'erano tavoli rotondi più larghi e altri con divanetti. Il nostro sarà stato grande mezzo metro quadrato.

Come Max fece scorrere in avanti la sedia, le nostre ginocchia si toccarono. Quel minimo contatto diede vita a piccole scariche elettriche che mi attraversarono tutta. In quel preciso istante, decisi che sarei tornata a casa prima del previsto. Max era una tentazione troppo forte.

"Oggi come stai?" mi chiese.

Bevvi un sorso di caffè per farmi forza prima di rispondere. "Tutto bene. Tu?"

Voltò appena la testa verso la finestra, che si apriva su un panorama pazzesco delle montagne, col sole che cominciava a spuntare oltre le cime. Riportò lo sguardo su di me, fissandolo nel mio. Pur non avendo passato molto tempo insieme, ormai mi stavo abituando al fatto che ogni volta che mi guardava era come se fossimo le uniche due persone al mondo.

"Non c'è male," rispose. "Sai, stavo pensando..." Si fermò quando vide Delia avvicinarsi con un vassoio in mano.

"Eccoci qui." Lasciò il suo caffè sul tavolo e me ne versò dell'altro nel bicchiere. "Vorrai anche qualcosa da mangiare, immagino," aggiunse, guardando Max.

"Ma certo. Prendo quello che mi consigli tu."

"Harlow ha preso il piatto del giorno, omelette con salmone affumicato, formaggio spalmabile e cipollotti."

"Allora lo prendo anche io."

Delia gli fece l'occhiolino e se ne andò per fare un giro dei tavoli. Nonostante la mia grande curiosità, speravo quasi che Max avesse dimenticato ciò che stava dicendo.

E invece non se n'era dimenticato. I suoi occhi ghiaccio trovarono i miei e riprese la conversazione da dove si era fermato. "Dunque, come stavo dicendo, ho pensato a quello che hai detto ieri sera. Sinceramente, non capisco perché la trovi una così pessima idea. Secondo me vale la pena vedere che succede."

Non specificò, ma capii subito a cosa si stesse riferendo, ovvero a quel desiderio folle e sfrenato che c'era tra di noi. Il resto, però, mi lasciò perplessa.

"Scusami, ma non credo di capire."

Allungò la mano e mi carezzò le nocche con l'indice, al che strinsi più forte la tazza. Il suo tocco si lasciava dietro una scia di fuoco. Mi venne un tuffo al cuore, che prese a martellare con violenza contro le costole.

"Hai detto che è una pessima idea. Probabilmente non mi spiegherai mai il perché, ma penso di averlo capito," replicò.

"Davvero?"

"Credi che stia cercando soltanto sesso, vero?"

No, è che ho un casino assurdo nella testa e non riesco a sbrogliarlo da sola.

Misi a tacere il mio monologo interiore. Mentre Max mi guardava, mi sentivo come rapita dall'intensità del suo sguardo. Nonostante le reazioni assurde del mio corpo, nei suoi occhi lessi qualcosa che riuscì a darmi un certo senso di conforto. Temevo davvero di essere impazzita.

Poiché non dissi nulla, continuò. "Non mentirò. Ti desidero da morire e so che quello che abbiamo provato insieme non è un qualcosa che si trova tutti i giorni. Propongo di lasciarci alle spalle le tue regole e vedere un po' che succede."

Mi carezzò di nuovo il dorso della mano e non riuscivo a strappargli gli occhi di dosso. Il suo sguardo mi teneva calamitata come un raggio traente. Non che l'avessi mai provato personalmente, ma avevo visto abbastanza programmi e film sullo spazio.

Presi un respiro tremolante e tirai un sospiro di sollievo quando ritrasse la mano per sorseggiare il caffè.

La mia onestà stupì persino me. "Il problema non è

che non ti desidero, ma tendo ad aspettarmi sempre troppo dagli uomini. Ho avuto soltanto esperienze negative e ho già capito che non ti piace giocare a lungo termine. Però io non sono brava con i rapporti occasionali."

Senza mai distogliere lo sguardo dal mio, socchiuse un poco gli occhi al mio ultimo commento. Ci mise un po' a rispondere, come se stesse cercando di soppesare le parole.

"Una volta mi sono innamorato," dichiarò all'improvviso, facendomi venire un colpo.

"Eh?" replicai, molto poco loquacemente.

La sua risata profonda mi fece venire la pelle d'oca. "È vero, una volta mi sono innamorato. Non è finita bene, quindi sappi che capisco il bisogno di essere prudenti."

"Prudenti?" Proprio non capivo dov'è che volesse andare a parare. Il suo discorso mi stupì talmente tanto da disorientarmi.

Non mi sentivo comunque pronta ad approfondire l'argomento, dunque tirai un sospiro di sollievo quando notai Delia che si avvicinava al tavolo. Servì a Max l'omelette e riempì di nuovo le tazze di caffè, fermandosi a chiacchierare per qualche minuto. Nel frattempo, arrivò anche Marley Hamilton. Lavorava al lodge insieme a suo marito Gage e vivevano nello stesso edificio, in una zona privata. Stringeva la sua piccola Holly tra le braccia, che pareva un vero angioletto con quelle guanciotte rosa, grandi occhi verde muschio e gli stessi capelli ramati della madre. Era davvero un amore.

La scena mi mosse il cuore, ma ricordai a me stessa che dovevo davvero essere prudente, perché non potevo permettermi di soffrire ancora una volta. Tra una chiacchiera e l'altra insieme a Marley, riuscii a finire il resto dell'omelette, con l'intento di alzarmi e darmela a gambe al più presto.

Ormai avevo deciso di andarmene, quindi avrei approfittato di quel momento per salutare. La conversazione con Max era rimasta in sospeso, ma dovevo fare dietrofront da quella strada così familiare che stavo percorrendo.

La chimica che sentivo con Max era molto potente, e l'intimità che l'avvolgeva mi terrorizzava perché sapevo che il mio cuore ne avrebbe sofferto. Sin da bambina, avevo sempre immaginato il mio futuro in una bella villetta con la staccionata, circondata da bambini. La figura paterna cambiava di volta in volta, illusione dopo illusione. Non potevo permettermi di fare la stessa cosa con un uomo che desideravo tanto ardentemente quanto Max. Perché sapevo che un giorno sarebbe arrivato l'inevitabile e le nostre amicizie in comune avrebbero soltanto complicato le cose.

Mi alzai in piedi e Marley mi rivolse un sorriso caloroso. "Quanto tempo resti?"

"In realtà torno oggi perché domani devo lavorare," mentii. Avevo programmato di restare per tutto il weekend, ma con Max giusto in fondo al corridoio era troppo pericoloso. "È stato davvero un piacere."

Marley mi prese alla sprovvista con un abbraccio e la piccola Holly mi strinse una ciocca di capelli. Quando la liberai dalle sue minuscole ditina, fece una risata dolce.

Lanciai un'occhiata a Max, ordinando alle mie guance di non arrossire. "È stato bello rivederti," dissi, provando con tutte le mie forze a rimanere impassibile. Il suo sguardo parve penetrarmi l'anima. Non sapevo come interpretare la sua espressione, ma mi dava l'idea di essere un uomo a dir poco perspicace.

"Anche per me. Mi faccio sentire quando sono ad Anchorage," concluse.

Capitolo Tredici
Harlow

Tre giorni dopo, mi stavo ancora domandando se Max avesse il mio numero di telefono.

Nel frattempo, avevo deciso di confessare tutto a Ivy. Mi aveva appena chiamata per dirmi che la mia partenza improvvisa non l'aveva convinta e che *sapeva* che le stavo mentendo. In preda al rimorso, mi preparai a raccontarle tutta quanta la verità.

"Ivy, non voglio vedere Max."

"Ma come? È un bravissimo ragazzo."

Mi morsi il labbro e feci un respiro profondo, lasciandomi andare sul divano. Avevo preso in affitto una villetta su un adorabile terreno poco fuori il centro di Willow Brook. Me l'aveva lasciata Susannah dopo essersi trasferita da suo marito, Ward. Era un'adorabile capanna triangolare con una terrazza esterna che circondava entrambi i piani. La zona giorno al piano terra era spaziosa e luminosa, con alte finestre lungo tutta la facciata che offrivano uno splendido panorama sul prato e il lago di Swan sullo sfondo. Oltre il soggiorno c'era la cucina, mentre una porta laterale dava sul bagno e la lavanderia. Il piano di sopra era un solaio con due camere da letto e un bagno.

Dopo aver fatto colazione al lodge, ero tornata direttamente a casa per fuggire il prima possibile da Max, senza dargli l'occasione di finire la conversazione che aveva cominciato, e senza neanche passare a salutare Ivy e Owen. In quegli ultimi giorni non facevo che ripetermi e convincermi di aver fatto la cosa giusta.

Ero riuscita per ben due anni a non prendere altre sbandate, quindi mi sentivo fiera di non aver ceduto alla più grande tentazione che mi fossi mai trovata davanti. Ciò che Max voleva dirmi quel giorno era ancora avvolto nel mistero, ma era assolutamente improbabile che stesse per confessarmi il suo amore.

Mi ero impegnata davvero tanto per sviluppare una sana percezione di me stessa, per convincermi ad abbandonare la ricerca di quell'amore che mio padre non mi aveva mai dato. Nonostante l'attrazione che sentivo per Max e malgrado tutta quella forza che ero riuscita a radunare, mi sentivo comunque troppo vulnerabile. Con lui mi sentivo sempre sull'orlo del precipizio, come se il destino mi stesse mettendo alla prova.

Perché in realtà non avevo idea di come comportarmi, non sapevo come abbracciare quella vulnerabilità e farla mia. Non che vedessi Max come un possibile candidato con cui lasciarmi andare. Avevo sbagliato ogni singola volta e non conoscevo un modo più salutare per approcciare un uomo.

L'ansia di Ivy parve vibrare attraverso la linea telefonica. "Devo essermi persa qualcosa. Per caso è successo qualcosa tra voi due?"

Con un bel respiro profondo, mi preparai a dirle la verità. "Sì. Hai presente quando ci siamo ritrovati *casualmente* a casa tua?"

"Certo. Mi hai detto che è dovuto partire subito per lavoro."

"Ed è vero. Però potrei aver omesso un piccolo dettaglio. Prima di andarsene, ha passato una notte lì con me. E forse ho omesso un dettaglio molto più importante. Abbiamo fatto sesso selvaggio."

Dirlo a voce alta mi fece arrossire violentemente.

"*Cosa*?! Come hai potuto nascondermelo?"

"Perché è stato un errore colossale. Sai che ho cercato di non fare più stronzate con gli uomini. Max non sta cercando una relazione. Lo sai benissimo. E lo so pure io."

Ivy rimase in silenzio e riuscivo praticamente a sentire le rotelle del suo cervello girare. Un momento dopo, sospirò. "Mi sa che hai proprio ragione."

"Appunto. E sai benissimo che sono un'esperta quando si tratta di desiderare qualcosa che potrebbe benissimo non funzionare. Ivy, non posso darmi di nuovo la mazza sui piedi. Preferisco passare il resto dei miei giorni da sola che ritrovarmi in un'*altra* relazione che in realtà non è davvero una relazione. Come se non bastasse, è pure amico tuo e di Owen. Non voglio illudermi e rischiare di incappare nell'ennesimo fallimento. Se dovessimo rivederci tramite voi due sarebbe troppo imbarazzante."

"Cielo, ma ti ha già fatta soffrire così tanto? Lo prendo a calci," dichiarò Ivy, rivelandosi come sempre la migliore delle amiche.

"No, cielo, no. Niente di simile. Il problema è un altro. Diciamo che abbiamo scoperto di avere molta chimica. È stata una notte sola. Non ci siamo promessi nulla. E voglio che continui così. Per questo motivo, me ne sono andata prima di fare qualcosa di stupido."

"Sai, secondo me dovresti smetterla di allontanare per principio tutti gli uomini," replicò Ivy.

"Preferisco non farmi spezzare il cuore ancora e ancora."

"Max non ti spezzerebbe mai il cuore," insistette.

Sospirai, ma sapevo che le sue intenzioni erano le

migliori. "Senti, questa tua modalità da Cupido è davvero adorabile, ma lo sai benissimo anche tu che i rapporti occasionali non fanno per me. Me l'hai detto tu stessa che Max non cerca nulla di serio."

Un profondo sospiro mi raggiunse l'orecchio. "Ah, lo so. Ma c'è un motivo se ho provato a farvi mettere insieme. Come mi hai confermato tu, avete una forte chimica."

"Certo, hai ragione. Ma devo pensare a me stessa e al mio cuore."

"Non puoi continuare a sequestrarti in questo modo. Non sai quanto mi fa soffrire vederti così. Non parlo solo di Max. Non vuoi dare una chance a *nessuno*."

"Ne ho date fin troppe di chance. È solo che ho molta poca fortuna con gli uomini. Fidati, questa chimica che ho con Max è palpabile, ma so già che rischio di fare lo stesso errore che commetto sempre. Mi innamorerei subito di lui, ma non posso permettermelo. È circondato da bellissime donne più che disponibili a diventare un grazioso ornamento al suo braccio. E poi io vivo quassù, mentre lui a San Francisco."

"Ti dirò, secondo me questo tuo modo di comportarti non è corretto nei confronti di Max. Non è uno sciupafemmine. Ammetto che non so cosa gli sia successo in passato, ma vive le relazioni come rapporti d'affari. È davvero un bravo ragazzo e sono convinta che tra voi due possa nascere qualcosa di vero. E non stare a parlarmi di distanze, per favore. Pensa che proprio l'altro giorno ha detto a Owen che vorrebbe lasciare la città."

Avrei *tanto* voluto credere a ogni sua parola, ma il mio cuore era ancora troppo fragile e qualsiasi sentimento per Max minacciava di spezzarlo per sempre.

"Ivy..."

Mi interruppe prima che potessi continuare. "No, dico sul serio. Non sto facendo l'inguaribile romantica. Owen sostiene che Max si sia preso una cotta per te. Pensavo di non dirtelo, ma perché *non* sapevo che ci avessi fatto *sesso*," disse, mettendo enfasi su ciascuna parola. Sapevo che l'avrei ferita, ma se non gliel'avevo ancora detto era proprio perché volevo evitare quella conversazione. "Davvero, non puoi continuare a evitare gli uomini per tutta la vita. Non ti farà alcun bene. So che sei andata dalla psicologa e che stai imparando a relazionarti in modo più sano con l'altro sesso, ma a un certo punto devi sentirti pronta ad aprirti a qualcuno, altrimenti non avrai mai la relazione che sogni."

Un nodo mi serrò la gola. Infilai i piedi nel solco tra i cuscini del divano, tirando un poco più su la coperta che avevo sulle ginocchia. "Lo so. Ma devo ancora capire come e quando."

"Allora, adesso mi informo un po' in giro e scopro perché Max non cerca nulla di serio. Sono sicurissima che non ti tratterebbe mai di merda. Non è uno stronzo."

"Lo so che non è uno stronzo."

In quel momento alzò senz'altro gli occhi al cielo. "Dai, basta con tutta questa malinconia. Com'è stata la vostra notte insieme?" mi domandò, in tono malizioso e curioso.

Al ricordo di quei momenti con Max mi sentii tutta un fuoco. "Memorabile," risposi.

Ivy rise. "Ci scommetto."

"Ecco, spero di averti soddisfatta. Ora però ti devo salutare. Domani devo andare ad Anchorage per sbrigare un paio di cose."

"Ok, ok. Appena scopro qualcosa da Owen te lo

faccio sapere. Che ti piaccia o meno, sono convinta che Max siamo l'uomo giusto per te."

Sbuffai alla sua perseveranza.

Ivy si fece invece una risata. "Ti voglio bene, bella."

"Anche io. Ci sentiamo presto."

Lanciai il telefono sul tavolino e gettai la testa all'indietro, lo sguardo fisso sul soffitto.

Il soffitto di quella casa era perfetto per distrarre la mente. Era in pino bianco e offriva un'ampia gamma di intrecci da poter contare. Nel frattempo, ripensai alla conversazione appena avuta con Ivy. Per quanto fossi convinta di aver preso la decisione giusta, dentro di me sentivo il disperato bisogno di dare a Max una chance, di qualunque tipo.

Per del sesso del genere forse valeva la pena rischiare di farmi spezzare il cuore.

Imprecai sottovoce e calciai via la coperta per alzarmi a preparare una cioccolata calda. Mentre aspettavo che l'acqua arrivasse a bollore, mi fermai a guardare fuori dalla finestra. Fiocchi di neve fluttuavano leggeri nell'aria, luccicando come polvere di fata sotto le luci della terrazza.

Col tempo mi ero davvero innamorata delle stagioni in Alaska. Così come amavo poter vivere in un posto fisso. Non sapevo se per la conseguenza di aver perso mia madre quando ancora ero molto piccola o se a causa dell'apatia di mio padre, ma per quasi tutta la vita mi ero portata dentro una bolla d'ansia di cui non ero mai riuscita a liberarmi, con una perenne angoscia per il futuro e terrore di fronte all'ignoto. Come donna adulta riuscivo a comprendere che molti degli impegni di mio padre venivano programmati anche un anno intero in anticipo, ma da bambina vedevo soltanto un uomo che mi portava da una parte all'altra insieme a lui.

Sorseggiai la cioccolata calda, rivangando il passato. Avevo passato diversi anni nella Carolina del Nord, finché un aneurisma celebrale non si era portato via mia madre all'improvviso. Da quel momento in poi, avevo cominciato a viaggiare insieme a mio padre, non fermandomi mai troppo a lungo in alcun luogo. Avevo soltanto sei anni quando era morta, quindi non riuscivo a ricordarla molto bene, ma i ricordi più nitidi che avevo della mia infanzia erano tutti con lei. La famiglia di mia madre viveva nella Carolina del Nord, quindi mi era capitato spesso di passare qualche estate da loro. Il clima era torrido e umido, ma mi divertivo sempre da impazzire. Non ero molto legata a quelle persone, ma era l'unica famiglia che mi era rimasta. Ogni anno mi inviavano bigliettini di auguri per Natale e persino dei regali, e ogni volta che ci vedevamo mi abbracciavano forte.

La morte di mia madre aveva cambiato per sempre la mia vita, cancellando quella poca stabilità a cui mi ero abituata. Vivere a Willow Brook per quasi un anno, in quel piccolo paesino immerso nella natura, nella mia bella casetta in cui potevo sentirmi indipendente, era una vera benedizione. Amavo tutto quanto. Amavo il mio lavoro, la mia vita e gli amici che piano piano mi stavo facendo.

Ogni tanto mi sentivo sola, ma preferivo di gran lungo quel poco di solitudine all'angoscia che mi ero portata dietro per anni.

Come al solito, Max fece irruzione nella mia mente e mi addormentai pensando a lui.

———

Il mattino seguente, come da programmi, balzai sul mio piccolo pick-up e mi diressi ad Anchorage. Mio padre aveva smesso di supportarmi economicamente, ma mia madre aveva messo da parte alcuni soldi in un fondo per mantenermi. Avevo usato qualcosa per comprarmi una macchina nuova e sistemarmi, mentre il resto l'avrei tenuto per il futuro.

Era una gelida giornata di fine novembre, con un forte vento che sferzava l'aria. Le mattinate invernali in Alaska mi piacevano da impazzire, col cielo tinto di viola e la neve sui monti che scintillava.

Arrivata in città, cominciai il mio giro di negozi. Oltre agli acquisti personali, alcuni amici e conoscenti mi avevano chiesto alcuni favori, quindi avevo una lista alquanto lunga di articoli da comprare. Avevo imparato molto presto che andare ad Anchorage ti rendeva automaticamente il fattorino del paese. A Janet servivano alcune provviste per la pasticceria, mentre Ward mi aveva chiesto un blocco motore. Bah. Mi aveva assicurato che ci avrebbero pensato i dipendenti a caricarlo sul pick-up e che poi mi avrebbero aiutata a scaricarlo una volta tornata in caserma.

Nel tardo pomeriggio, il cassone del pick-up era colmo fino all'orlo, mentre il tempo stava peggiorando. Molto in fretta. Le giornate si stavano facendo sempre più brevi e mancavano soltanto due settimane al giorno più corto dell'anno.

Non avendo comprato prodotti freschi, decisi di non tentare la sorte e di passare la notte in un hotel. Avendo passato la vita in albergo, negli anni avevo racimolato tantissimi punti, quindi optai per una delle catene in cui ne avevo di più. Per mio immenso piacere, si trattava di uno splendido hotel di lusso, perfetto per una serata gelida e tempestosa. Dopo aver fatto il check-in, ricevetti una telefonata da Ivy.

"Oh, beh, dato che sei lì ad Anchorage, perché non

chiedi a una certa persona di uscire?" disse, senza nascondere la nota di malizia nel tono di voce.

"Ma fai sul serio?" replicai, scuotendo la testa anche se non poteva vedermi.

"Beh, le persone non si incontrano per caso, quindi devi farlo succedere in qualche modo," rispose con una risata, prima di salutarmi.

Per passare il tempo, decisi di scendere al bar per un bicchierino.

Seduta nel mio bel posticino d'angolo, con un buon vin brulè in mano, percepii la presenza di un uomo che si sedette al mio fianco. Maledizione. Volevo passare una serata serena e tranquilla, non essere rimorchiata.

Mi costrinsi almeno a guardarlo perché Ivy continuava a rimproverarmi che non ci provavo nemmeno, dicendo che dovevo impegnarmi almeno un po' se volevo davvero trovare qualcuno. Ma quel tizio non mi fece il benché minimo effetto. Oggettivamente parlando, era un bell'uomo. Capelli castano scuro, occhi marroni e vestito di tutto punto.

"Ti posso offrire qualcosa?" esordì.

Sollevai il bicchiere quasi pieno. "No, grazie, sono a posto."

"Che ti porta qui?"

"Avevo commissioni da sbrigare."

Non volevo essere maleducata, ma neanche troppo accomodante. Mi voltai verso il televisore appeso sopra il bar, ma non parve cogliere il messaggio.

"Quindi è la mia serata fortunata."

Mi stampai un sorriso forzato sulle labbra e sentii lo sguardo della barista addosso. C'erano diversi posti liberi in cui quel tizio avrebbe potuto sedersi. Come se avesse percepito il mio disagio, la barista si avvicinò a noi con nonchalance.

"Ti porto il conto?" mi domandò.

Una parte di me avrebbe voluto dirle di sì, ma l'altra era piuttosto seccata. Volevo soltanto rilassarmi e bere qualcosa. Invece, quel tizio aveva deciso di rovinarmi la serata.

Prima che potessi rispondere, una voce risuonò alle mie spalle. "Oh, eccoti qui!"

La riconobbi subito. *Max*. Il suono profondo mi fece drizzare i peli sulla nuca, mentre una vampata di calore mi travolgeva.

Si trattava di una coincidenza ben gradita. Nonostante tutti i rischi e le remore che covavo nel cuore, era davvero un brav'uomo e sapevo che non avrebbe mai approcciato una donna come aveva fatto quel tizio. Certo, non aveva fatto niente di male di per sé, ma si era parcheggiato accanto a me sebbene non avessi dimostrato il benché minimo interesse nei suoi confronti. Non solo aveva ignorato i miei segnali, ma non sembrava intenzionato a lasciarmi in pace e si era perfino definito "fortunato".

"Ti stavo cercando nella lobby," continuò Max, raggiungendomi e frapponendosi tra me e l'altro uomo.

Lo spazio era poco e Max era piuttosto ingombrante. Ma nonostante l'imbarazzo, il mio cuore cominciò a battere all'impazzata quando mi passò un braccio attorno alla vita e posò un bacio sulla tempia.

"Mi stava aspettando, ma ho fatto tardi," spiegò alla barista. "Prendiamo un tavolo, se non ti dispiace. E magari portaci anche un menù, grazie mille."

HARLOW

Max stava completamente ignorando l'uomo seduto accanto a me. Mi passò la mano lungo la schiena, un tocco delicato ma allo stesso tempo deciso. Non mi opposi alla sua proposta, perché mi aveva offerto la scappatoia perfetta.

Però il motivo era anche un altro. Trovavo praticamente impossibile resistere a quell'attrazione magnetica che esercitava su di me. Mi alzai dunque dallo sgabello e gli camminai accanto, con la sua mano calda posata sulla base della schiena. Era come se mi stesse marchiando a fuoco la pelle attraverso la seta della camicetta e della canottiera che indossavo sotto.

Max mi condusse a un tavolino d'angolo. Spostò la sedia per farmi accomodare e mi sedetti. Il martellio frenetico del mio cuore riecheggiava in tutto il corpo. Il mio corpo reagiva in modo tanto violento soltanto a lui. Quando ce l'avevo accanto, tutti i miei sensi erano in allerta. Percepivo il suo calore e la sua forza, il suo profumo fresco di pulito mi arrivava alle narici e sentivo il suo sguardo ardente che mi bruciava l'anima.

"Ciao, Harlow," esordì, passando un braccio sullo schienale della sedia, mettendosi comodo.

"Ciao, Max." Non mi veniva in mente nient'altro da dire. Ero troppo concentrata a placare le reazioni del mio corpo.

Fece una pausa, fissandomi con occhi troppo attenti e perspicaci per i miei gusti. "Spero di non aver interrotto nulla. Ho una stanza proprio in questo albergo e Ivy mi ha scritto che eri qui," disse infine.

Oh, santo cielo, avrei dovuto immaginarmelo. Ivy non me l'aveva neanche accennato che mi trovavo nel suo stesso hotel. Ma decisi di tenere per me quei pensieri.

"No, anzi, mi hai proprio salvata. Quel tipo non lo conosco neanche, ma a quanto pare pensava che cercassi compagnia."

Un sorrisetto gli incurvò le labbra. Porca miseria. I suoi sorrisi mi scuotevano tutta. Incrociò il mio sguardo e l'eccitazione mi pulsò tra le cosce. "Quindi avevo indovinato. Meno male."

Dentro di me, stavo lottando come una disperata contro le onde anomale del desiderio, che minacciavano di sommergermi. "E se invece avessi *voluto* le sue attenzioni? Che avresti fatto?"

Ero sinceramente curiosa, ma allo stesso tempo lo stavo anche provocando. Magari era una follia, ma con Max era diventata la norma.

Socchiuse un poco gli occhi color ghiaccio. "Non mi avrebbe fatto piacere. Nemmeno un po'," rispose piattamente.

L'aria attorno a noi si caricò di elettricità, che sfrigolava tra i nostri corpi. Un attimo dopo ci raggiunse una cameriera, probabilmente inviata dalla barista con i menù. Si fermò al tavolo e ci rivolse un sorriso raggiante. "Salve. Siete qui per la cena, giusto?"

"Esattamente." La cameriera ci porse i menù e Max mi lanciò un'occhiata. "Hai mangiato?" mi chiese.

Scossi la testa. Avrei ordinato qualcosa al bar, se non fossi stata interrotta.

La cameriera lo guardò. "Vi porto qualcosa da bere?" domandò, versandoci dell'acqua.

"Una birra alla spina, grazie." Lanciò un'occhiata al mio bicchiere semi-vuoto. "Tu che prendi?"

"Sono a posto così, grazie. Va benissimo dell'acqua."

Max non fece alcun commento sulla mia scelta. La ragazza tornò al bancone per la birra e cominciai a sfogliare il menù, optando ben presto per un burger con patate.

"Non mi devi offrire la cena," affermai, lasciando il menù sul bordo del tavolo.

Max chiuse quello che aveva in mano e incrociò il mio sguardo. "E invece ti offro la cena."

Alzai gli occhi al cielo. "Non ce n'è bisogno."

"Ma voglio farlo comunque, quindi che senso ha stare qui a discutere?"

Non avendo altro da dire, mi strinsi nelle spalle e decisi di non insistere. Poco dopo tornò la cameriera e ordinammo entrambi lo stesso piatto. Rimasti di nuovo soli, ruppi il ghiaccio per spezzare un po' di tensione.

"Allora, come procede l'acquisizione? Ci stai lavorando con Owen, giusto?"

Max annuì, bevendo un sorso di birra. "Però diciamo che non è la norma. È solo la terza azienda in difficoltà che abbiamo comprato insieme. Scegliamo solo quelle sul punto del collasso che però possiedono brevetti interessanti nel settore delle energie rinnovabili. Questa fase iniziale non lo fa impazzire, quindi io mi occupo della logistica e delle finanze, mentre lui si concentra sui progetti."

La conversazione proseguì fluida. Conoscevo bene il lavoro di Ivy e Owen, ma tra una chiacchiera e l'altra scoprii che anche lui operava nel settore dell'ingegneria e delle energie rinnovabili. L'argomento della discussione era perfetto per distrarmi dalle reazioni violente del mio corpo, che in sua presenza diventava ingestibile.

Capitolo Quindici
Harlow

Come c'era da aspettarselo, Max era un conversatore brillante ed esperto nel suo settore. Aveva molto a cuore la sostenibilità e si impegnava nel rispetto dell'ambiente. Nonostante le abilità pratiche, la predilezione a lavorare con i numeri e la spiccata lungimiranza l'avevano trascinato verso una posizione manageriale.

Finimmo di mangiare nel giro di pochi minuti. Determinata a restare sobria, stavo bevendo soltanto acqua. Con Max non potevo permettermi di essere incauta e abbassare la guardia, non quando mi sarei lanciata molto volentieri sul tavolo per saltargli addosso. Non perché fossi un'esibizionista, sia chiaro, ma la tentazione era davvero troppo forte.

La cameriera passò a prendere i piatti sporchi e ci domandò se volessimo altro da bere, al che scossi la testa. Tornò in cucina e Max mi rivolse un'occhiata.

"Giusto per curiosità, come mai non stai bevendo nulla?"

"Perché non voglio rischiare di fare qualche altra

stupidaggine con te," risposi onestamente, sorprendendo pure me stessa.

Il mio commento parve prenderlo alla sprovvista. Sbatté rapidamente le palpebre e provai una fitta di rimorso. Senza ancora rispondere, buttò giù l'ultimo sorso di birra.

"Ormai ti sei fatta un'idea precisa sul mio conto, vero?"

Prima che potessi scuotere la testa, mi fermai e feci spallucce. Che senso aveva mentire, dopo essere già stata così onesta? "Forse."

Max si sporse in avanti giusto un poco, ma il mio cuore prese a battere all'impazzata e mi si annebbiò momentaneamente il cervello. I suoi occhi azzurri tenevano i miei prigionieri. "Non mi pare giusto, Harlow."

"Non..." Lasciai la frase in sospeso, perché in realtà non sapevo neanche cos'è che volessi dirgli.

Max allungò il braccio, posando la mano sulla mia, sopra il tavolo. Al suo tocco mi mancò il fiato e temetti che il cuore potesse schizzarmi fuori dalla cassa toracica.

"Non fingerò di essere un santo. Ma so che la chimica che c'è tra di noi non svanirà da un giorno all'altro. Non faccio mai promesse che non posso mantenere, ma ho abbastanza buon senso da capire che nessuno può fare promesse sul futuro. Sarebbe sciocco ignorare quello che sta nascendo."

Le sue parole erano come velluto, quasi ipnotiche. Non riuscivo a distogliere lo sguardo e non percepivo altro che la sensazione del suo pollice che mi carezzava il dorso della mano. Perché di fronte a lui ero assolutamente impotente, in balia di un vortice di bisogno e desiderio che si generava al benché minimo gesto di Max.

La voce di Ivy mi rimbombò nelle orecchie. Aveva ragione, non davo mai una chance a nessuno. Forse, e solo forse, avrei potuto fare un'eccezione per lui, ma senza farmi troppe illusioni.

Carezzò di nuovo le nocche, il tocco delicato e allo stesso tempo erotico. Non sapevo potessero essere così sensibili. L'aria attorno a noi era talmente carica di tensione che mi sentivo mancare il fiato. Il cuore martellava con violenza contro le costole e mi sentivo come se avessi appena corso una maratona. Era assurdo. Tutte quelle reazioni e sensazioni per delle semplici carezze.

"D'accordo," dissi infine.

Proprio in quel momento arrivò la cameriera con il conto. Senza spostare la mano dalla mia, Max sfilò il portafoglio dai jeans e le porse la carta di credito. Sebbene la stesse assolutamente ignorando, lo ringraziò con cortesia e si allontanò.

Durante quel loro breve scambio, gli occhi di lui erano rimasti incollati ai miei. "D'accordo cosa?" mi domandò.

"Voglio provarci."

La mia risposta lo sorprese. Sbarrò appena gli occhi e allargò le narici, stringendomi un poco di più la mano.

"Dimmi le regole, allora. Immagino che ce ne siano," disse in tono delicato e seducente.

Prima che potessi pensare a una risposta, la cameriera arrivò con lo scontrino. Max lo firmò e glielo porse meccanicamente, senza prestarle la minima attenzione. Dopo un "Grazie", ci lasciò di nuovo.

Max si alzò da tavola e mi prese per mano. Lo imitai e decisi di punzecchiarlo un pochino, in tono leggero. "Non mi molli?"

Non rispose, ma non mi lasciò neanche andare. In fondo, non mi dispiaceva affatto.

Ci avvicinammo all'uscita del ristorante e poco dopo mi guardò, con un sorrisetto furbo che gli arricciava le labbra. "No," disse infine. "Da questo momento in poi, non passerò neanche un secondo senza toccarti. E così per almeno qualche ora."

La promessa sensuale contenuta in quelle parole mi scatenò un fuoco dentro, tanto ardente da far male. Tutto il desiderio che avevo cercato di soffocare con tutte le mie forze aveva ormai preso il sopravvento, come un incendio indomabile.

Con la sua mano calda avvolta attorno alla mia, mi condusse verso la zona degli ascensori. Entrammo in uno vuoto e, per mio immenso dispiacere, una coppia ci seguì. Non aspettavo altro che poter finalmente saltare addosso a Max e ormai la mia pazienza era agli sgoccioli.

Sia chiaro, non avevo alcun fetish per il sesso in pubblico, ma quell'uomo riusciva a dirottare il mio buon senso. Al mondo non esistevamo altro che noi due. L'aria che ci circondava fremeva, elettrica.

"Che piano?" mormorò.

"Oh, settimo," risposi, riportando la testa sulla terra.

Premette dunque il pulsante e poggiò i fianchi al corrimano. All'apparenza, mi sembrava molto più tranquillo e controllato rispetto a me. Ero come caduta in un calderone di desiderio dal quale non riuscivo più a uscire. Soltanto gli occhi lo tradivano, intensi e penetranti.

La salita parve durare un'eternità, anche se in realtà non erano passati neanche un paio di minuti. L'altra coppia aveva ancora un altro piano da fare. Non appena le porta dell'ascensore si chiusero alle nostre spalle, con un movimento fluido Max mi fece volteggiare tra le sue braccia, bloccandomi contro la parete.

"Cazzo, non sai quanto sono felice che tu non mi abbia rifiutato di nuovo," mormorò, e percepii le sue parole riverberare sulla fronte. Un attimo dopo, posò un bacio delicato come una piuma sulla tempia, scendendo sullo zigomo e la guancia fino a raggiungere la bocca.

Era come se mi stesse respirando a pieni polmoni. Col suo corpo duro e caldo premuto al mio e intrappolata tra le sue forti braccia, il bisogno di averlo stava sovrastando qualunque altro pensiero. Fece un passo indietro, ma con un sospiro di frustrazione lo afferrai per la camicia e lo riportai da me.

Si lasciò trascinare senza opporre la benché minima resistenza. Ci baciammo con passione e la sua lingua mi invase la bocca, strappandomi un gemito deliziato. Quell'intreccio di lingue divenne una vera e propria danza sensuale, che ci stava lasciando entrambi senza fiato.

Il mio universo eravamo diventati soltanto noi due. In quel momento per me non esisteva altro che il suo corpo muscoloso e caldo. L'erezione pulsante premeva all'apice delle cosce, dura come il marmo.

Max mormorò qualcosa e si staccò dalle mie labbra. "Cazzo, Harlow. Se continuiamo così ti scopo qui contro il muro. Quindi forse è meglio se mi dici qual è la tua stanza."

Alle sue parole, una vampata di calore mi travolse. Le mutandine, già umide dalla cena, erano ormai fradicie. La sua richiesta riuscì a far breccia nella mia mente annebbiata dal desiderio, dunque mi spinsi via dal muro e mi misi al suo fianco.

"Fammi strada," disse con voce ruvida, scatenandomi uno stormo di farfalle nello stomaco.

"Da questa parte," mormorai, voltandomi. Dopo qualche passo, tuttavia, realizzai di aver sbagliato strada e feci dunque dietrofront, finendo dritta contro di lui. Senza dire una parola, mi strinse forte la mano e mi seguì dall'altra parte.

Frugai per un po' nella borsa per trovare la chiave, ricordando soltanto dopo di avercela in tasca. La sfilai, la passai davanti al sensore ed entrammo nella stanza. Max non attese neanche un attimo. Mi voltò verso la porta e riprendemmo esattamente da dove ci eravamo lasciati in corridoio. Ma ormai non c'era più niente a trattenerci.

In un momento di lucidità dopo la frenesia del bacio, percepii i capezzoli umidi mentre li tormentava con la lingua, la camicetta e la canottiera un mucchietto ai nostri piedi. Gli cingevo la vita con le gambe e mi strofinavo con foga sull'erezione.

"Voglio vederti nuda," mormorò, strappandosi da un altro bacio infuocato.

Si spostò dunque dalla porta, tenendomi ben stretta a sé, e gli carezzai il collo con la lingua, assaporando la nota salata della pelle. Il desiderio cocente aveva ridotto in cenere ogni mia remora, tenendoci prigionieri nelle sue fiamme.

Riusciva a reggermi con una facilità assurda. Regolò le luci della stanza e un bagliore tenue ci avvolse. Raggiunto il letto, mi lasciò delicatamente sul materasso. Mi alzai subito in piedi, lanciai via gli stivali e scivolai fuori dai jeans. Cominciammo a spogliarci in fretta e furia, come fosse una gara. Uno stivale raggiunse un angolo della stanza e il secondo l'altro, i jeans rimasero sul pavimento mentre le mutandine finivano sul comodino.

Poco dopo, Max si allungò sul letto accanto a me e la sensazione della pelle calda sulla mia bastò a strapparmi un gemito. L'attesa mi stava facendo impazzire. Senza perdere tempo, gli passai una gamba sul fianco e mi spinsi sopra di lui.

"Ho bisogno di te," mormorai, la voce strozzata.

Max mi afferrò per i fianchi, fermandomi quando provai a sollevarmi. "Oh, sono tutto tuo. Ma non voglio correre troppo. Devo gustarti come si deve."

Porca miseria. Ogni sua parola rischiava di uccidermi.

Con un movimento fluido, invertì le posizioni e ogni mia protesta si perse nel nostro bacio. Portò poi le labbra sempre più giù, scendendo lungo il collo per arrivare a stuzzicare un capezzolo, la barbetta incolta che mi solleticava la pelle. Con le sue dita che stringevano la carne dei fianchi, mi abbandonai completamente al vortice di sensazioni.

Quando si trattava di Max, amavo la semplicità con cui prendeva sempre il controllo. Oh, non era aggressivo o violento. Piuttosto, l'autorità che emanava era più che sufficiente. A un certo punto mordicchiò un bocciolo turgido e un urlo mi sfuggì, al che lui si fece una risata.

Si allungò di nuovo sopra di me e, d'istinto, inarcai la schiena contro di lui. Ero bagnata e pronta, con l'asta dura che scivolava sul sesso eccitato.

"Oh, no. Non cederò così facilmente," mormorò sulle mie labbra. Un'ultima carezza della sua lingua e si staccò dal bacio, con un leggero morso sulle labbra.

Ricambiai il gesto e gli strappai un'altra risata. "È questo che mi piace di te," mormorò.

"Cioè?" gli chiesi, travolta da un'altra ondata di desiderio.

"Dimentichi tutte le buone maniere. Mordimi pure quanto vuoi."

Prima che potessi reagire, cominciò a scivolare

lungo il mio corpo, stuzzicandomi con le labbra, i denti e la lingua, divaricando nel frattempo le mie cosce. Si soffermò sul ventre, tempestandolo di baci delicati, e lanciai un urlo.

"Hai bisogno di qualcosa, per caso?" Il tono malizioso della sua voce non fece altro che alimentare l'eccitazione.

Senza smettere neanche per un secondo di strofinarmi contro di lui, mormorai, "Sì."

Abbassai la testa e incrociai il suo sguardo, gli occhi azzurri tanto intensi da bruciarmi l'anima. Passò le dita tra le labbra bagnate e le portò sul clitoride, applicando abbastanza pressione da provocarmi un piacere immenso che mi tolse il fiato.

"Questo, magari?" domandò quando finalmente, *finalmente*, affondò un dito in me.

Ero così tanto eccitata che l'orgasmo minacciò di travolgermi all'istante, ma Max riuscì a intensificare quel piacere ulteriormente, facendomi impazzire.

"Max," mormorai, frustrata all'estremo.

Proprio com'era successo durante la nostra prima notte insieme, era come se riuscisse a capire quando raggiungevo il limite. Un altro dito si unì al primo e continuò a fottermi adagio, senza fretta. Cominciò a torturarmi anche con la bocca, stuzzicando il bocciolo pulsante con la lingua tra un affondo e l'altro.

Con lui i preliminari cominciavano sempre al primo scambio di sguardi, quindi ero già sull'orlo del precipizio. Le ondate di piacere si fecero sempre più alte e intense, fino a travolgermi completamente e lasciarmi senza fiato.

Quando mi ripresi dall'orgasmo, sentii Max che si sollevava e si allungava su di me. Non mi ero neanche resa conto che avesse aperto un preservativo, ma lo stava già indossando prima di mettersi in posizione.

Per quanto mi avesse appena fatta godere in quel modo, avevo bisogno di sentirlo dentro di me. Feci per passargli le gambe attorno alla vita, quando si buttò sul letto e mi prese a cavalcioni sopra di lui. Davanti al suo sguardo, mi sentivo completamente nuda e vulnerabile. Scivolò un po' indietro e poggiò la schiena alla testata del letto. Sollevò poi una mano e mi spostò alcuni capelli dal viso, facendomi battere forte il cuore.

"Cavalcami," ordinò.

Non ebbi la minima esitazione. Non avrei mai potuto dire di no a Max, non in un momento così intimo come quello. Mi sollevai un poco e lui infilò una mano tra le mie gambe, cominciando a carezzarmi le labbra con la cappella gonfia. La zona era ancora molto sensibile, talmente tanto che per poco la stimolazione non bastò a farmi venire di nuovo. Ma poi, mi abbassai su di lui e lo presi fino in fondo, lanciando un grido gutturale alla deliziosa sensazione di pienezza.

Mi passò il dito sulla bocca e lo catturai tra i denti, aprendo gli occhi quando mormorò il mio nome.

"Voglio che mi guardi negli occhi quando vieni," affermò con decisione.

Santo cielo. *Quell'uomo.* Fece scivolare le mani lungo i fianchi, stringendoli con forza. Cominciai a muovermi lentamente sopra di lui, mentre affondava sempre più in profondità a ogni spinta. Ero strettissima, perché era passato un anno intero dall'ultima volta che avevo fatto sesso.

Mi persi completamente nel presente, nelle sensazioni — le sue forti mani che mi stringevano i fianchi, i capezzoli che sfregavano contro il suo petto a ogni movimento. L'intensità del momento mi stava portando presto verso un altro orgasmo, più potente del precedente.

Sull'orlo del precipizio, urlai il suo nome e Max

cominciò a massaggiare il clitoride, gettandomi in un abisso di piacere immenso, in cui mi seguì un attimo dopo. Si irrigidì sotto di me, il corpo tremolante. Mi prese tra le braccia e mi lasciai cadere su di lui, scossa da fremiti incontrollabili.

Capitolo Quattordici

MAX

Mi ero addormentato con Harlow tra le braccia, risvegliandomi il mattino seguente nella stessa posizione. Ero confuso da morire, non ci capivo più niente. Con lei era tutto diverso, non avrei più voluto lasciarla andare. Era tutto troppo magico, come una droga che mi stava già causando dipendenza.

Dopo l'amplesso l'avevo portata sotto la doccia, per poi tornare a letto e vederla addormentarsi sulla mia spalla. Ero rimasto a riflettere per un po' sulla situazione, su quanto mi venisse difficile mantenere il controllo con lei.

Non mi ero mai impegnato più del dovuto nelle relazioni sentimentali. Ed era diventato ancora più facile una volta raggiunta la mia posizione di AD di successo, pieno di soldi e connessioni. Non che per me contasse poi più di tanto. In fondo ero cresciuto in una famiglia piuttosto umile, che riusciva giusto a tirare avanti. Mio padre faceva il meccanico, mentre mia madre l'insegnante. Ero nato in una cittadina della Pennsylvania occidentale, circondata dai monti e dove la vita era piuttosto semplice.

Oltre ad eccellere negli sport, ero sempre stato un ragazzo brillante. Se mio padre avesse avuto un po' più di fortuna nella vita, avrebbe fatto di sicuro l'ingegnere. Il mio talento lo dovevo soltanto a lui. Era comunque un fantastico meccanico, pienamente soddisfatto del suo stile di vita.

Aveva conosciuto mia madre alle superiori e dal loro amore eravamo nati io e mia sorella minore, Mariana. Eravamo stati cresciuti in un clima sereno e tranquillo, in una famiglia amorevole. Prendendo esempio dai miei genitori, anche io al liceo avevo una fidanzatina che credevo di amare. La relazione era poi finita amichevolmente dopo il diploma, quando avevamo preso due strade diverse.

Così, al MIT, conobbi Cheryl. Avevo ambizioni più elevate rispetto ai miei genitori, però cercavo comunque quel senso di stabilità che condividevano. Quella tra me e Cheryl era la classica relazione universitaria, piena di sesso tra una sessione di studio e l'altra.

Dicevo di amarla, perché me ne ero praticamente convinto. Finché un weekend non l'avevo portata a casa a conoscere i miei genitori. Non sapevo cosa si sarebbe aspettata di trovare, ma probabilmente non una cascina a un solo piano un pochino malandata, con un giardinetto e l'officina di mio padre nel nostro terreno.

In quel momento, tra di noi cambiò tutto. Le avevo letto la delusione negli occhi. Non avevo mentito sul mio passato né cercato di creare un'immagine distorta del mio personaggio, ma molto probabilmente si aspettava che un ragazzo come me venisse da una famiglia ricca. Nonostante tutto, alla fine aveva deciso di restare con me, molto probabilmente per via del mio percorso di successo al MIT. Con il mio talento, avrei potuto ottenere qualunque posizione avessi voluto nel settore. Ma alla fine, quando avevo deciso di rifiutare ruoli redditizi come ingegnere informatico o di sistema in aziende molto grosse, mi aveva mollato perché non mi riteneva più alla sua altezza.

Non l'avevo vissuta come una tragedia, ma il disappunto era bastato a inasprirmi per sempre. Avevo deciso di concentrarmi esclusivamente sul lavoro e, con i pochi soldi che avevo in tasca, avevo gettato le fondamenta per la mia società. Avevo poi focalizzato tutte le mie energie con quell'unico obiettivo in mente, abbandonando le ricerche di un amore come quello che condividevano i miei genitori.

Harlow si mosse e la pelle setosa carezzò la mia. Senza svegliarsi, sospirò piano e si poggiò a me. Mi ero svegliato poco prima con il braccio avvolto attorno al suo corpo e la mano sulla curva generosa del fondoschiena, che avevo lasciato molto volentieri lì dov'era mentre la mia mente mi stava trasportando in ricordi del passato.

Il suo movimento delicato mi aveva riportato al presente. Volevo convincermi che tra di noi non ci fosse altro che sesso, sesso da urlo. C'era senza alcun dubbio un'attrazione primordiale, pura, incandescente.

Eppure, ancora non avevo dimenticato quel senso di sollievo che avevo provato un anno prima, quando me n'ero andato. Dopo soltanto due notti di passione, mi ero reso conto benissimo che ero stato un vero sciocco. Mi ero illuso che saremmo riusciti a estinguere quella fiamma di desiderio che continuava a tormentarci, e invece, ci eravamo ritrovati intrappolati in una bolla di intimità e sensazioni intense.

E dunque, perché non avevo già lasciato la stanza? In fondo, per me le relazioni non erano altro che transazioni d'affari. Eppure, non avevo la benché minima intenzione di allontanarmi da Harlow. Non in quel momento.

Anzi, stavo già elaborando una strategia per convincerla a non tagliarmi fuori dalla sua vita, a non cacciarmi. Non l'aveva mai detto esplicitamente, ma in cuor mio sapevo che qualcuno l'aveva fatta soffrire, quindi volevo poterle restare accanto per placare quel dolore. Non che avesse il benché minimo senso, ma in fondo con lei andava sempre tutto contro ogni logica.

Voltai la testa verso il comodino. L'orologio segnava le sette. Fuori c'era ancora buio, ma in Alaska era normale. Dicembre era ormai vicino. Mi chiesi dove avesse passato il giorno del Ringraziamento Harlow e con chi, sperando non si fosse trovata sola.

Per quanto Ivy continuasse a preoccuparsi per me durante le festività, io una famiglia a cui volevo bene ce l'avevo. Nonostante lei mi conoscesse ormai da qualche anno, era improbabile che Owen le avesse mai parlato molto della mia vita.

Ogni tanto mi era capitato di lavorare anche durante la Vigilia di Natale, ma soltanto per scelta, non perché non avessi un posto in cui passarla. Con il corpo caldo di Harlow tra le braccia, cominciai a pensare alla sua situazione familiare. Sapevo che sua madre era morta quando lei era ancora bambina, dunque era cresciuta con suo padre. Ma tutti sapevano che Howard May viveva soltanto per il suo lavoro.

Quella parte di me che così tanto detestava le relazioni sentimentali provò miseramente a opporsi a tutte quelle nuove emozioni che soltanto Harlow mi aveva fatto provare.

Ma che diavolo ti viene in mente? Hai chiuso con queste cose.

Al che, rispose quell'altra parte che Harlow era riuscita a risvegliare.

Non mi interessa. Harlow non vuole nulla da me. Né i miei soldi né il mio status. Se avesse seguito suo padre avrebbe avuto vita facile, ma ha scelto un'altra strada.

Un senso di disagio mi pervase, ma decisi di ignorarlo. Non avevo intenzione di lasciarmi sfuggire Harlow, neanche se tra di noi non c'era altro che passione da estinguere. Avrei aspettato pazientemente quel momento, per scoprire se tra di noi sarebbe mai sbocciato qualcosa.

Spensi completamente il cervello quando si mosse di nuovo e lasciai le mie mani libere di esplorare ogni centimetro del suo corpo. Era troppo morbida, troppo invitante. Le carezzai la dolce curva del fondoschiena, facendo scorrere delicatamente le dita sulla pelle setosa.

Il capezzolo si indurì contro il mio petto. Sfruttai dunque al meglio l'altra mano, che feci scivolare lungo il suo fianco fino a raggiungere il seno e stuzzicare il bocciolo turgido con il pollice. Un attimo dopo, la sentii svegliarsi. Mormorò qualcosa contro la mia pelle e poi si sollevò su un gomito. La luce che avevamo lasciato accesa all'ingresso la avvolgeva, creando un bagliore sul viso incorniciato dai capelli spettinati.

"Che ore sono?" domandò, la voce roca dal sonno.

"Le sette e qualcosa."

Continuai a carezzare il capezzolo, gustandomi le reazioni del suo corpo. All'improvviso, cominciò a ridacchiare dolcemente, per poi chinare la testa e tempestarmi il petto di baci.

Prima che potessi dire qualcosa, scivolò verso il basso e spinse via le coperte. Un grugnito gutturale mi uscì dalle labbra quando avvolse la mano attorno al membro.

Cazzo, quella donna mi faceva impazzire. Le intrecciai le dita ai capelli appena cominciò a leccare con cura la cappella. Senza aspettare un istante di più, lo prese nella sua bella boccuccia calda, facendomi quasi venire sul colpo. Mi ero svegliato con l'alzabandiera perché bastava la sua mera esistenza a farmi eccitare.

Mi trascinò fino al limite, per poi fermarsi a leccare ogni centimetro e riprenderlo fino in gola. Sentivo che stavo per esplodere, ma prima volevo penetrarla.

"Harlow," mormorai, con un grugnito.

Sollevò la testa, ridendo piano nella stanza poco illuminata. "Sì?"

Con un movimento rapido, la sollevai e la gettai sul materasso. La sua risata mi colpì dritta al cuore. "Ehi, guarda che ero impegnata!" protestò.

"Lo so. Ma voglio venire dentro di te."

Con un sorriso sulle labbra, si sollevò appena e mi passò la lingua sul collo, mordicchiandolo. Avvolse le gambe attorno alla mia vita e spinse il bacino verso di me. Il calore umido del suo sesso era tentazione pura, ma all'ultimo secondo mi resi conto di non avere il preservativo.

"Cazzo," mormorai. Senza lasciarla andare, mi sporsi leggermente fuori dal letto e presi i jeans che avevo lanciato sul pavimento la notte prima.

Dopo qualche difficoltà, soprattutto perché Harlow non la smetteva un attimo di provocarmi, riuscii a infilare il profilattico. E così, mi spinsi senza esitazione in lei.

Rimasi fermo per un istante per godermi la sensazione piacevole del canale pulsante che si stringeva attorno a me. Quel senso di intimità così poco familiare che ci avvolgeva come un velo di fumo mi fece battere forte il cuore. Però non volevo stare a rimuginarci troppo sopra. Avevo bisogno di perdermi in lei.

Ero eccitato da morire e sentivo di aver perso

completamente le redini del controllo. Dopo soltanto due spinte, l'orgasmo minacciava già di travolgermi. Prendermela con calma era più nel mio stile, ma in fondo con Harlow era sempre tutto inaspettato. Il sesso con lei era passionale, fulmineo, sporco. Perfino quando riuscivo ad assaporarne ogni minuto, l'intensità del momento ci conduceva entrambi alla follia.

Mi costrinsi a muovermi con più lentezza, cercando di capire se anche lei era al limite quanto me.

"No, Max," ansimò.

"No cosa?" le chiesi, affondando di nuovo dentro di lei mentre cercavo di aggrapparmi all'ultimo briciolo di autocontrollo rimasto.

"Non farmi aspettare!" gridò, quando mi ritrassi ancora.

"Guardami."

Volevo vederla sciogliersi sotto di me. Aprì un poco gli occhi, le palpebre rese pesanti dall'eccitazione. A un certo punto avevo intrecciato le dita alle sue e le stringevo la mano per tenermi ben ancorato a terra. Cominciai a fare pressione sul clitoride scivoloso con le dita e spinse il bacino verso il mio tocco. Un'ultima spinta e si chiuse come una morsa attorno al membro, lanciando un grido di immenso piacere.

Mi lasciai andare anche io e l'orgasmo mi travolse con violenza, come una frusta. In preda ai fremiti, mi buttai sul letto e la trascinai su di me, per non schiacciarla. Ero ancora in lei e non volevo muovermi. Quel desiderio così irrefrenabile era ingiustificato, soprattutto dopo una notte di sesso sfrenato. Avevo quasi il timore che non sarei mai riuscito a saziare quel bisogno di lei.

Nell'aria si sentiva soltanto il suono dei nostri respiri che tornavano lentamente alla normalità, mentre le carezzavo dolcemente i capelli. Harlow si sollevò sul gomito, poggiando il mento al palmo della mano. Rimase a osservarmi in silenzio ed ero proprio curioso di sapere cosa le frullasse per la testa.

"Quanto resti ad Anchorage?" mi domandò.

"Un mesetto, immagino."

"Quindi passi il Natale qui?"

"Se mi tocca, sì. Magari vado dalla mia famiglia per un paio di giorni, però poi torno. Quando un'azienda cambia gestione ci sono diversi problemi logistici."

In un momento di pura follia, fui tentato di chiederle di partire insieme a me per conoscere i miei genitori. Avendo tagliato i rapporti col padre, avrebbe probabilmente passato le feste da sola, ma non l'avrei permesso.

Ero davvero pazzo, ma pazzo di lei. Mi aspettavo che la parte più razionale del cervello mi fermasse, che mi urlasse come al solito che sarebbe stata una pessima idea. Ma quella vocina che mi aveva tenuto alla larga da qualunque relazione seria per tutti quegli anni rimase stranamente in silenzio.

Però, in fondo, quel silenzio fu ben accetto.

Capitolo Quindici

MAX

Dopo esserci buttati una seconda volta sotto la doccia — dove dovetti trattenermi dal farla di nuovo mia — ci vestimmo e andammo a fare colazione insieme. Con i capelli umidi e gli occhi brillanti, Harlow aveva un aspetto fresco e giovane, troppo pura per un uomo come me. Scacciò la cameriera che venne a portarci il menù, dichiarando che si sarebbe servita al buffet.

Ci sedemmo a un tavolo e lei mi lanciò un'occhiata, le guance un poco arrossate. "Mi piace mangiare, che ci posso fare," mormorò, indicando il suo piatto.

Le sue parole mi lasciarono perplesso, finché non metabolizzai la pila di cibo che aveva preso. Ma comunque, il mio piatto era perfino più pieno del suo, quindi avevamo di certo quella passione in comune. "Però vinco io," replicai.

Non ritenni necessario starle a spiegare che per me avrebbe potuto mangiare tutto quello che voleva, perché tanto preferivo di gran lunga le donne con curve vertiginose. Tra un morso e l'altro, mi voltai verso la finestra con in mano la tazza di caffè. Stava nevicando sempre più forte.

"Tu quanto ti fermi, invece?" le chiesi.

"Beh, in realtà dovevo tornare ieri, ma poi si è fatto tardi. Mi sa che parto dopo mangiato."

Quella risposta non mi piacque per nulla. Mi voltai di nuovo verso la finestra. "Non mi sembra il caso di mettersi per strada, con una giornata del genere."

Harlow fece spallucce. "Siamo in Alaska. L'inverno è un susseguirsi di giornate come questa. Me la caverò."

Non doveva aver apprezzato il mio commento, ma la mia testardaggine mi spinse a insistere comunque. "Harlow, fammi questo favore, ti prego. Non guidare con questo tempo."

Stava per mangiare un boccone, ma bloccò la forchetta a mezz'aria. "Mi stai seriamente chiedendo di non guidare?"

Pareva come scioccata dalle mie parole, ma ne aveva tutte le buone ragioni. Non ero il tipo che si sarebbe messo a dire a una donna cos'è che poteva o non poteva fare. Ma in quel momento ero particolarmente preoccupato per lei e non volevo tornasse a casa sotto una simile nevicata.

Senza strappare gli occhi dai suoi, annuii e bevvi un sorso di caffè, per poi mangiare un altro boccone di pancake. Anche Harlow sorseggiò il suo, per poi fermarsi a guardare fuori dalla finestra. Grossi fiocchi di neve cadevano copiosi dal cielo, ricoprendo ogni superficie. Nuvole grigie facevano da sfondo al bianco candido.

I suoi occhi marroni schizzarono di nuovo nei miei, seri. "Max, non mi succederà nulla," dichiarò in tono chiaro e deciso.

Le parole seguenti mi uscirono da sole dalle labbra. "D'accordo, allora guido io."

Capitolo Sedici

HARLOW

"Cosa?!"

Lo sguardo ferreo di Max non vacillò per neanche un istante. "Se proprio vuoi tornare a casa con un tempo del genere, non voglio che guidi da sola."

Feci un bel respiro profondo per calmarmi e contai a mente fino a dieci, sorseggiando dell'altro caffè prima di replicare. "Non vedo perché no, Max. Vivo qui da un anno, ormai. Ci sono abituata, ce la faccio benissimo." Mi fermai a indicare la neve. "Questo tempo qui è la norma."

"Non stavo cercando di dirti che da sola non ce la faresti. Però il tempo continua a peggiorare e non è un viaggio molto breve."

Bevvi un altro sorso di caffè, talmente oltraggiata dalla sua proposta da essere rimasta senza parole. Ma ciò che più mi infastidiva era quella parte di me che avrebbe voluto davvero portarselo a casa. Se da un lato non sopportavo che non si fidasse abbastanza delle mie capacità, dall'altro mi faceva piacere sapere che si preoccupava per me. Che bella contraddizione.

Alzai gli occhi al cielo e mangiai un po' di uova strapazzate. "Mi pare ridicolo."

Socchiuse gli occhi. "D'accordo, allora troviamo un compromesso. Guidi tu, ma vengo anche io."

Al che, mi scappò da ridere. "Oh, certo. E poi come torni qui? E non hai del lavoro da fare, scusami?"

Max rispose senza la minima esitazione. "Posso fare tutto il cavolo che mi pare. L'azienda è nostra. Ho già passato qualche giorno negli uffici e il resto posso benissimo farlo anche da remoto."

Per quanto lo trovassi assolutamente ridicolo, feci spallucce. "Ok, d'accordo. Allora ti porto nel mio piccolo paesino in cui ti annoierai a morte."

Ridacchiò alle mie parole. "Oh, non penso proprio che mi annoierò."

Il suo sguardo ardente mi colpì nel profondo e una vampata di calore mi travolse. Non riuscivo a capire perché continuasse a insistere tanto, ma il mio corpo mi costrinse a non oppormi ulteriormente.

Qualche ora dopo, Max si sedette sul sedile del passeggero del mio piccolo pick-up. L'ultima volta che ci eravamo ritrovati insieme in macchina era stata al matrimonio di Ivy. Quel desiderio ardente e irrefrenabile che avevo provato all'istante per lui non ero mai riuscita a placarlo. In realtà avrei dovuto contare anche il ritorno all'albergo di quella notte, ma non ricordavo nulla del viaggio in auto.

Stava ancora nevicando e, probabilmente, se fossi stata sola ci avrei pensato due volte prima di mettermi per strada. Però a Max non lo avrei mai ammesso. Sinceramente ero davvero sollevata che ci fosse anche lui. Non era un viaggio lungo, ma Anchorage e Willow Brook erano collegate da un tratto di autostrada perso nel nulla.

Mi aspettavo che Max facesse qualche commento

sul tempo. La neve era molto fitta e cadeva senza sosta. Però, invece, non disse nulla.

Appena prima che potessi mettere in moto, mi lanciò un'occhiata. "Quanto ci vuole?"

"Circa tre quarti d'ora."

"Allora mettiamoci in viaggio."

Dopo la colazione, era passato in ufficio a sbrigare un paio di cose. Era poi tornato in albergo con una valigetta, un computer portatile nella sua tracolla, un carrellino stracolmo di cartelle e un borsone per la notte. Mi aveva in seguito spiegato che preferiva occuparsi della contabilità su carta e non dal computer.

La sua presenza riempiva il piccolo abitacolo dell'auto. Ero ancora piuttosto confusa dalla sua situazione. Un silenzio pesante ci accompagnò finché non imboccai l'autostrada che portava a Willow Brook.

"Senti un po', ti piace vivere a Willow Brook?" mi chiese.

Tenendo lo sguardo sulla strada, riflettei per un poco sulla domanda. "Sì, mi piace. All'inizio non ne ero molto convinta, sinceramente. Non so quanto conosci mio padre, ma ho sempre vissuto in hotel, balzando da uno all'altro. Viaggiava di continuo e mi portava con sé."

Con la coda dell'occhio vidi che mi stava guardando, lo sguardo imperscrutabile.

"Sì, tuo padre lo conosco, ma non abbiamo mai parlato delle nostre vite private, quindi non ne avevo idea."

"Vabbè, quindi diciamo che mi piace stare ferma in un posto solo. Sono nata e cresciuta nella Carolina del Nord, ma mia madre è morta quando avevo sei anni. Da quel momento, non ho più trovato un posto da poter chiamare *casa*. Willow Brook è un bel paesino. D'estate brulica di turisti ed è vicino ad Anchorage, quindi posso fare il pieno di vita cittadina quando ne sento il bisogno."

"Come hai conosciuto Ivy?"

"A un evento di beneficenza organizzato da mio padre a San Francisco. Siamo andate subito d'accordo e siamo amiche da allora."

Feci una pausa per prendere una curva, premendo il piede sul freno. Perfino il mio fidato fuoristrada slittò un poco sull'asfalto. Non volevo dar ragione a Max, ma le strade erano alquanto scivolose. Certo, la neve creava uno spettacolo mozzafiato quando cadeva o ammantava gli alberi e le montagne, ma era l'incubo di ogni automobilista. La chiamavo neve "muco" perché umidiccia e pesante, come se si scivolasse su del muco. Comprensibile, no?

Qualunque commento avesse Max sulle condizioni della strada, non ne fece parola. Una volta raddrizzato il pick-up, gli lanciai un'occhiata e lo vidi teso in volto, ma non disse comunque nulla.

"C'è un tempo un po' del cavolo," affermai, poiché non aveva più senso continuare a fingere che andasse tutto bene.

Max ridacchiò. "No, è proprio terribile. Però avrai notato che non ho detto nulla."

Scoppiai a ridere. "Grazie mille, infatti. Parlami un po' della tua famiglia, dai."

Avevo bisogno di distrarmi da quella guida molto pericolosa.

"I miei genitori sono ancora felicemente sposati. Ho una sorella minore, Mariana, che viaggia molto perché fa la giornalista. Mamma e papà vivono nella stessa casa in cui sono cresciuto, nella Pennsylvania occidentale. È un posticino immerso tra i monti, davvero splendido. Anche se ora vivo in città, sono nato in un paesino. Magari non piccolo come Willow

Brook, però conosco bene quello stile di vita. In realtà non sono neanche un uomo di città, ti dirò."

"E i tuoi che fanno nella vita?"

"Mio padre fa il meccanico e ha l'officina giusto accanto a casa, mentre mia madre è un'insegnate."

"E tu sei diventato un investitore straricco. Immagino non se l'aspettasse nessuno."

Max rise di nuovo. "Direi di no. Se mio padre avesse avuto più soldi da giovane o se qualcuno lo avesse spinto verso una direzione diversa, scommetto che sarebbe diventato un ingegnere perfino più in gamba di me. Da giovane ero un terremoto, ma andavo bene a scuola e ho trovato professori che mi hanno indirizzato sulla via giusta. Ho ricevuto una borsa di studio al MIT, ed è proprio lì che ho conosciuto Owen e qualche altro amico con cui mi sento ancora oggi. Sono stati anni importanti per la mia carriera. In realtà diventare un investitore a questi livelli non rientrava nei miei progetti di vita, ma sono bravo con i numeri e ad aggiustare ciò che non funziona. Ovviamente mi piace creare design, ma preferisco dedicarmi ad altro."

Mi fermai a riflettere su tutte quelle nuove informazioni sul suo conto, cercando di inquadrarlo meglio. Forse mi ero fatta un'idea sbagliata su di lui.

Seguì una pausa e a un certo punto rallentai per prendere lo svincolo per Willow Brook. Non c'era da scherzare con quella tempesta di neve, quindi dovevo concentrarmi. Max evitò ancora di commentare. Giunti nella stradina secondaria, rallentai ulteriormente e lui spezzò finalmente il silenzio. "La prossima volta che c'è un tempo simile, non ci mettiamo in macchina."

Cosa diamine vorrebbe dire?

Mi salì dentro un attacco di rabbia. "Ascolta," cominciai, stringendo con forza il volante e tenendo lo sguardo puntato sulla strada, "siamo arrivati tutti interi. Ormai manca poco. Da quand'è che hai il diritto di dirmi quando posso o non posso guidare?"

"Lo direi persino a *Owen* che guidare in queste condizioni è una cretinata."

Calò il silenzio più totale. Arrivati sulla Main Street, tirai un profondo sospiro di sollievo. Con un bel respiro, provai a sciogliere la tensione che mi pesava sulle spalle e il collo.

"Devo fare qualche giro," commentai.

"Ok," rispose, senza aggiungere altro.

Capitolo Diciassette

MAX

Harlow si era sicuramente fatta un'impressione sbagliata sul mio conto. Ero cresciuto in un paesino, in una famiglia di ceto medio-basso. Ero riuscito a entrare al MIT con un po' di fortuna e dopo tanto duro lavoro. Quell'esperienza mi aveva aperto tante porte che mi avevano condotto lì dov'ero in quel momento. Ma comunque, non ero un uomo ricco e arrogante che si sentiva privilegiato.

Tralasciando quel discorso, ancora non avevo capito perché mi fossi offerto di accompagnarla fino a casa. Al pensiero che viaggiasse da sola, mi si era innescato qualcosa dentro, un senso di protezione che non conoscevo. Nonostante qualche attimo di tensione, mi aveva dimostrato di essere perfettamente in grado di gestire la sua auto tra ghiaccio e neve. Ma ero comunque contento di averle fatto compagnia.

Una volta giunti a Willow Brook, rallentò e ne approfittai per guardarmi attorno. Perfino con tutta quella neve, le vie erano molto trafficate. Le luci dei negozi brillavano nel grigiume pomeridiano. Nel bianco candido della neve scintillavano le lucine natalizie appese ai lampioni e alle vetrine. Era un paesino molto carino, con la Catena dell'Alaska che faceva da sfondo su un lato e l'oceano in lontananza dall'altro.

Tra i fiocchi di neve spuntavano le imponenti cime dei monti, dal profilo frastagliato. Da quando Owen aveva trasferito la *Off the Grid* in Alaska, c'ero stato diverse volte. Non avevo girato tutto lo Stato, ma sapevo che diversi paesini erano grandi mete turistiche. Willow Brook non faceva eccezione, con le sue vetrine invitanti e i tanti negozietti e ristoranti lungo i marciapiedi. Proprio come Diamond Creek, la cittadina in cui vivevano Owen e Ivy, d'inverno doveva svuotarsi notevolmente, soprattutto non avendo alcun resort sciistico nelle vicinanze.

Le strade erano molto più pulite, rispetto all'autostrada. Sicuramente gli spazzaneve lavoravano senza sosta durante i mesi invernali. Harlow percorse tutto il viale principale e si fermò all'estremità opposta. Tra i fiocchi di neve intravidi l'insegna che annunciava la caserma dei pompieri e la stazione di polizia.

Quando avevo caricato le mie cose in auto, avevo notato che il retro era stracolmo. Harlow spense il motore e mi guardò. "Decidi tu se restare qui o entrare."

"Vengo con te."

Quando si trattava di Harlow, la curiosità vinceva sempre su tutto. Era ovvio che quella fosse la caserma in cui lavorava la sua squadra. Volevo avere uno scorcio della sua vita, per conoscerla meglio. Il che avrebbe dovuto preoccuparmi, ma ormai con lei non facevo altro che infrangere regole su regole.

La seguii nella reception, dove una ragazza con una chioma selvaggia e grandi occhi marroni ci rivolse subito un sorriso.

"Harlow! Sei tornata. Ward si stava giusto chiedendo se fossi riuscita a recuperare quel blocco motore."

"Ma certo," le rispose, attraversando la stanza.

Indossava dei jeans e degli scarponi da trekking, sotto a una camicia in jersey blu attillata. Ovviamente, quella mattina avevo notato il modo in cui i primi bottoni aperti mettevano in bella mostra la valle tra i seni, che morivo dalla voglia di leccare.

Non mi ero mai curato molto dell'outfit di una donna. Ero però convinto che Harlow sarebbe stata sexy anche con un sacco di juta addosso. Era un vero bocconcino. I capelli lucenti, raccolti in una coda di cavallo, frusciavano tra le scapole a ogni passo.

Si fermò al bancone dell'accoglienza e vi posò sopra i gomiti. "Ward è occupato?"

La ragazza annuì e il suo sguardo schizzò su di me, illuminato da una luce di curiosità. Andò dritta al punto. "E tu chi sei? Maisie, piacere."

Con le guanciotte paffute, gli occhi grandi e il viso puntellato di lentiggini, era davvero tanto adorabile che non riuscii a trattenere un sorriso.

"Max," risposi, porgendole la mano. Il gesto parve coglierla di sorpresa, ma me la strinse con vigore.

"Se sei amico di Harlow, allora sei anche amico mio. Non sapevo stessi portando compagnia," commentò Maisie, riportando lo sguardo su di lei.

Percepii lo sguardo di Harlow addosso e le feci l'occhiolino. Per qualche motivo, avevo una voglia matta di punzecchiarla un po'. Il color caffè dei suoi occhi si fece più intenso, mentre un leggero rossore le tingeva le guance.

Maisie aprì la bocca per dire qualcosa, ma venne interrotta quando una porta laterale si aprì. Un uomo alto e slanciato entrò nella stanza e puntò gli occhi verdi su tutti i presenti. Fece il giro della scrivania e si chinò a baciare Maisie.

Quando la lasciò andare, la vidi arrossire violentemente. Alzando gli occhi al cielo, lo spinse via. "Ma insomma, sto lavorando!"

Il tipo mi guardò e si presentò. "Beck Steele." Mi fece l'occhiolino e poi rivolse un sorrisetto furbo a Maisie.

"Max Channing," risposi.

Mi sentivo al centro dell'attenzione. Per fortuna, quel Beck doveva essere l'uomo di Maisie. Per quanto potesse essere assurdo, un'ondata di protettività mi aveva travolto nel momento stesso in cui un altro uomo si era avvicinato troppo a Harlow. Sapevo che prima o poi il mio buon senso sarebbe tornato, ma probabilmente era ancora troppo presto.

"Max è un amico," aggiunse Harlow.

Oh, il termine *amico* bruciò come un taglio sul cuore. Non che il mio ruolo nella sua vita fosse ben chiaro, ma quella non mi pareva una spiegazione sufficiente. Ma se mi fossi azzardato a correggerla in pubblico, avrei di certo scatenato la sua ira.

Avevo bisogno di farmi un bell'esame di coscienza. Avevo abbandonato qualunque tipo di logica, per lasciarmi guidare dal mio cazzo. E in quel momento, mi stava urlando che io e Harlow eravamo *molto* più che semplici amici.

"Ti serve una mano per portare dentro il blocco motore?" le chiese Beck.

"Beh, da sola non ce la faccio mica," replicò lei, con un sorrisetto.

"Allora porta l'auto sul retro."

"Ci penso io," dissi, senza preoccuparmi troppo della reazione di Harlow.

Sollevò un sopracciglio, quasi impercettibilmente,

ma poi mi porse le chiavi senza fare storie. Un paio di minuti dopo, parcheggiai il pick-up sul retro della caserma, dove mi aspettavano loro due con altri colleghi.

Tra parentesi: non avevo mai realizzato che, come hotshot, le toccava lavorare circondata da uomini forti e vigorosi. L'idea non mi entusiasmava particolarmente.

Frena, bello. Da quand'è che sei così possessivo?

Da quando Harlow è diventata mia. Risposi, senza esitazione.

A essere del tutto onesti, ero consapevole che ciò che mi spingeva verso Harlow era l'attrazione sessuale, però c'era un qualcos'altro che ancora non mi sentivo pronto a esplorare.

Scacciai via quella gelosia e feci retromarcia nel garage, abbassando il finestrino per chiedere direttive. La voce di Beck risuonò nell'ambiente e seguii i suoi segnali dal finestrino retrovisore, fermandomi dove indicato.

Senza perdere tempo, Harlow aprì il retro del pick-up e indicò quello che doveva essere il famoso blocco motore. Tutto quel peso sul retro aveva offerto una buona trazione sulla strada ghiacciata. Ero figlio di un meccanico, quindi avevo una vaga idea del peso che poteva avere un componente come quello.

Beck si avvicinò insieme a un altro uomo con i capelli neri e gli occhi grigio argento. Il suo sguardo serio incrociò il mio. "Ward," disse, con un breve cenno del capo.

"Max. Vi serve una mano?"

"Molto volentieri. Siamo soltanto in tre e questo aggeggio pesa una tonnellata," rispose Beck, con un sorrisetto.

Notai un altro ragazzo che si avvicinava. "Oh, io sono Jesse."

"Max," ripetei.

"Vi aiuto io," disse Harlow, avvicinandosi al retro del pick-up.

Ward portò lo sguardo su di lei. "Non prenderla sul personale, Harlow. So che davanti a un incendio ti fai valere tanto quanto noi, ma qui c'è bisogno di forza bruta. Max è più forte di te."

Harlow alzò gli occhi al cielo e fece un passo indietro, senza fare storie. Con Jesse e Beck da un lato, e me e Ward dall'altro, sollevammo con cautela il blocco motore dall'auto per lasciarlo sul tavolo in acciaio massiccio che c'era giusto lì accanto.

"Grazie, Max," mi disse Ward, quando facemmo tutti un passo indietro. Poi si rivolse ad Harlow. "E grazie a te per essere passata a ritirarlo. Ci serve per uno dei vecchi furgoncini. Ah, a proposito. Hai il resto della settimana libera."

"Oh, come mai?" gli chiese lei.

"Abbiamo modificato la rotazione perché volevo qualche giorno di ferie, quindi ci copre la squadra di Beck. Approfittane, mi raccomando. Tanto vedo che hai buona compagnia."

Ero certo che il commento l'avesse turbata. Non disse comunque nulla e si strinse semplicemente nelle spalle. "D'accordo."

"Che ti porta qui?" mi chiese Jesse, tanto per fare due chiacchiere.

"È un amico di Harlow," rispose Beck al posto mio.

Lo conoscevo da neanche cinque minuti e perfino io notai il suo tono malizioso e quel luccichio che gli brillava negli occhi. Doveva essere un uomo molto perspicace, che aveva colto subito quell'elettricità che schizzava tra me e Harlow.

"Perché stasera non vi unite a noi?" ci chiese Jesse.

"Dove?" replicò Harlow, guardandolo.

"Al Wildlands per cena. Domani è il compleanno di Em, quindi le farebbe molto piacere averti con noi," le spiegò.

Che mi volesse con sé o meno, di sicuro si sentiva messa all'angolo. Alla fine annuì, lasciandomi un poco sorpreso.

"Come potrei mancare al compleanno di Em? Certo che ci siamo. A che ora?"

"Alle sei."

Harlow annuì e si voltò per salire in macchina, ma si fermò con la mano in tasca. Si voltò a guardarmi e allungò la mano, al che le lanciai le chiavi.

"Allora ci vediamo stasera, ragazzi," li salutò.

"È stato un vero piacere. A più tardi," dissi, guardandoli a uno a uno.

Beck mi fece l'occhiolino, Ward annuì e Jesse sorrise. Mi scappò quasi da ridere. Pur con l'istinto di protezione che mi era esploso dentro, sentivo che nessuno di quei tre rappresentava una minaccia. Trovavo ancora assurde quelle reazioni del mio corpo, ma col tempo ci stavo facendo l'abitudine. Quando pensavo ad Harlow, mi veniva in mente soltanto una parola.

Mia.

Capitolo Diciotto

HARLOW

Appena parcheggiai davanti a casa, un'ondata di incertezza mi travolse. La scacciai subito via, ricordandomi quello che mi aveva detto Max durante il viaggio. Era un uomo molto ricco, che però era cresciuto senza molti soldi. Probabilmente aveva avuto un'infanzia decisamente più umile della mia. Non dovevo preoccuparmi di mostrargli la mia piccola casetta a Willow Brook.

I gradini e il portico erano ricoperti di neve. Mi voltai verso Max e trovai il suo sguardo curioso che schizzava per il cortile. I fiocchi di neve cadevano molto meno fitti rispetto a prima, rendendo visibili i dintorni. La capanna triangolare che mi aveva affittato Susannah era piuttosto nuova, col rivestimento viola e il tetto verde brillante che risaltava nel panorama candido. Era circondata da una piccola radura, con un boschetto che partiva dietro la casa.

Dal davanti, i monti, le cui cime torreggiavano al di sopra della vegetazione, erano visibili in lontananza. Max riportò lo sguardo su di me. "Ti do una mano a spalare la neve," affermò.

Neanche io sapevo cos'è che mi aspettassi, ma di certo non quelle parole. Mi sfuggì una risata sorpresa. "Non ce n'è bisogno."

Aprì la portiera e scese subito fuori. Lo seguii fuori e un attimo dopo mi rispose. "Non ho intenzione di restarmene con le mani in mano mentre fai tutto il lavoro da sola," mi disse, voltandosi a guardarmi.

Dopo aver recuperato tutto dal pick-up, ci avviammo alla porta. Lo strato morbido di neve attutì i nostri passi. Essendo stata via un giorno intero, sarà stato alto almeno trenta centimetri. Entrai dalla porta della cucina e pestai via la neve dagli scarponi, per poi lasciare la borsa sul pavimento. Mentre Max faceva lo stesso, presi dei guanti dal tavolino lì accanto con l'intenzione di cominciare a pulire i gradini.

Convinta che Max non avrebbe potuto aiutarmi a spalare perché senza guanti, mi lasciò di stucco quando ne tolse un paio dal borsone, insieme a un cappello.

Sentendo il mio sguardo su di sé, si voltò e mi fece l'occhiolino. "Non è mica la prima volta che vengo in Alaska. E poi ho intenzione di andare a sciare, visto che ci sono."

Si infilò dunque i guanti e mi seguì fuori. Gli porsi una pala e si mise subito al lavoro. Nel giro di pochi minuti, era riuscito a pulire la terrazza e i gradini, mentre io stavo creando un sentiero fino al parcheggio. Quella sera sarebbe passato lo spazzaneve a occuparsi del vialetto. Per fortuna, con il mio fuoristrada non avrei avuto problemi a superare la neve.

Tornati dentro, gli feci fare un rapido giro della casa. "Sono qui in affitto," gli spiegai, indicando il piano di sotto con un ampio gesto del braccio. Quando cominciai a salire le scale, Max prese i nostri bagagli di sua iniziativa.

Mi sentivo assolutamente confusa dalla situazione.

Mi pareva di essere sospesa nel tempo. Mai nella vita mi sarei aspettata che proprio un uomo come Max Channing avrebbe voluto passare del tempo in mia compagnia in un posto come Willow Brook.

Non che avessi una lista di uomini che l'avrebbero fatto volentieri. La sua presenza mi metteva un poco a disagio, più che altro perché non ci stavo più capendo niente. Ciò che c'era tra noi due pareva un pallone che rotolava giù dal pendio di una collina. Non sapevo dove avrebbe rimbalzato o cosa sarebbe successo. Mi lasciavo semplicemente trasportare dal vento.

Gli mostrai la camera degli ospiti e il bagno, per poi rintanarmi nella mia stanza. Varcata la porta, mi fermai a guardarmi intorno. L'arredamento era misero e poco personale. In fondo, non ero abituata ad avere una camera che potessi chiamare *mia*. C'erano ancora alcune fotografie dei panorami della zona lasciate da Susannah, mentre però avevo appeso un acquarello di mia madre. Aveva sempre amato tanto la pittura.

Sul letto matrimoniale c'era un'alta montagna di cuscini e, accanto, due comodini di legno di frassino chiaro che si abbinavano alla cassettiera. Max lasciò le nostre cose proprio lì davanti e venni travolta da un'altra ondata di incertezza. Lui era così sicuro di sé, così convinto di ciò che stava facendo, mentre io non sapevo neanche cosa pensare. Con l'ansia che mi montava nel petto, mi voltai e corsi al piano di sotto.

"Vuoi qualcosa da bere, prima di tornare in città?" gli domandai.

Max rispose soltanto quando mi raggiunse in cucina, dove avevo già aperto il frigorifero. "Dovremo muoverci presto," commentò.

"Non è che vuoi impedirmi di nuovo di guidare con questo tempo, vero?" gli chiesi, con una punta di malizia nel tono.

Il sorrisetto che gli incurvò le labbra mi fece venire le farfalle allo stomaco. Con un'alzata di spalle, scosse la testa. "No, non è molto lontano. A proposito, chi sarebbe questa Em?"

"Oh, Emily. È la figlia di Charlie, che è la fidanzata di Jesse. Em lavora in caserma, quindi la conosciamo tutti quanti. Ha quindici anni ma ne dimostra molti di più. È una ragazzina molto dolce e spiritosa. Spero non ti dispiaccia che abbia accettato."

"Ma figurati, certo che no. Vedo che è una persona molto importante per te. E poi diciamo che stamattina mi sono imbucato."

Il suo sguardo intenso mi penetrava l'anima, rendendomi nervosa. Non sapevo più che pesci prendere. Non riuscivo a capire cos'è che ci fosse tra di noi, quindi non avevo idea di come comportarmi.

"Che stiamo facendo, Max?" gli chiesi, sull'eco di quel pensiero.

Appena le parole mi scapparono dalle labbra, avrei voluto rimangiarmele. Non mi ero neanche resa conto che stavo per dar voce ai miei dubbi. Max mi studiò il volto, l'espressione indecifrabile.

"Sono qui con te perché non volevo guidassi da sola sotto quella tempesta. Ma immagino che non fosse questa la risposta che cercavi. Dico bene?"

Il cuore mi martellava con forza contro le costole. Era passato troppo tempo dall'ultima "relazione" che avevo avuto con un uomo. Non sapevo neanche quale etichetta mettere a ciò che c'era tra di noi.

Non sarei mai stata all'altezza di Max. Lo volevo da impazzire e non avevo idea di come placare quel disperato bisogno di lui. Avevo tirato su delle mura belle spesse per proteggermi, quindi non ero pronta a vederle crollare in quel modo dopo aver aperto giusto una piccola breccia un anno prima, con quella nottata di passione che mi ero concessa. Ci stavamo muovendo troppo in fretta e mi sentivo confusa. Avercelo lì, in casa mia, era un qualcosa che non riuscivo assolutamente a interpretare. Radunai tutto il mio coraggio e raddrizzai la schiena, con un bel respiro profondo.

"Che intendevi quando hai detto di voler vedere dove va a finire?"

Non disse nulla, ma non staccò neanche per un istante gli occhi dai miei. Max non aveva mai problemi a reggere il contatto visivo. Mi sentivo al centro di tutte le sue attenzioni, una sensazione a dir poco sconcertante.

Alla fine si fece una risata divertita. "Bah, non ne sono sicuro manco io. Però una cosa la so..." Fece una pausa e si spinse via dall'isola, per fare il giro e venire da me. Ero ancora davanti al frigorifero, la mano avvolta attorno alla maniglia dello sportello per farmi forza. Avevo bisogno di qualcosa a cui reggermi per non crollare e quella soluzione, seppur metaforica, faceva proprio al caso mio.

Max si fermò a un passo da me. Senza la benché minima esitazione, mi posò le mani sulla vita. In un mero secondo, mi girò e mi sollevò sul bancone alle nostre spalle. "Ho notato che ti preoccupi sempre troppo," commentò, in un sussurro vellutato che mi carezzò la pelle, provocandomi un brivido lungo la schiena. Si infilò tra le mie ginocchia e strinse dolcemente un fianco.

"Forse," risposi, cercando di capire dove volesse andare a parare.

"Quando ti ho detto quello, intendevo che abbiamo una chimica innegabile, più unica che rara. Mi vanto di non essere un uomo sciocco e stupido, quindi non posso permettermi di ignorare questa fiamma," disse piattamente.

Mi trascinò verso il bordo del ripiano, per stringermi a sé. Sentivo l'erezione dura e calda premuta contro il mio punto più sensibile. Bastò quel minimo contatto a eccitarmi come una matta. Era davvero ridicolo. Avevo fatto sesso più volte in quelle ultime ventiquattr'ore che negli ultimi due anni. Magari avevo semplicemente dimenticato quanto potesse essere bello.

Ah. Non dire cretinate. Con Max hai fatto il sesso migliore della tua vita. Al cento per cento, senza alcun dubbio.

Non mi ero mai sentita così tanto sicura in vita mia, ma decisi di non perderci troppo tempo a rimuginarci sopra. Ero ben consapevole che trovare una chimica come la nostra fosse ancora più difficile che rinchiudere un fulmine in una bottiglia.

"Dimmi che non mi vuoi," disse Max, lo sguardo intenso mentre stava facendo scivolare una mano sotto la mia camicetta, per palpare un seno.

Un lieve sussulto mi sfuggì quando cominciò a stuzzicare il capezzolo con il pollice, strofinando la seta del reggiseno. Avevo le mutandine fradicie e volevo che mi facesse di nuovo sua. Sapevo già che non sarebbe bastato a placare il desiderio, ma probabilmente non mi sarei mai sentita abbastanza sazia.

Una vocina nella mia testa provò a dirmi di non cedere, ma un'ondata di eccitazione la travolse, affogandola. E così, afferrai con forza quell'ultimo briciolo di controllo che mi era rimasto e mi lasciai completamente andare, invece di resistere alla corrente.

Scivolai un poco verso di lui e gli cinsi la vita con le gambe. Nel frattempo, gli passai la mano dietro la nuca e lo attirai a me per un bacio. Quel poco controllo rimasto evaporò nell'aria quando la sua lingua invase la mia bocca. Mi persi completamente in lui, abbandonandomi alla frenesia dei nostri baci. Desiderio liquido mi scorreva nelle vene, mentre fiamme ardenti ci circondavano. Le nostre lingue si intrecciavano fameliche, mentre Max mi posava una mano sul sedere per strofinarsi contro di me.

Dopo un'ultima carezza della lingua, si spostò appena e prese il labbro inferiore tra i denti. Sollevò la testa e mi mancò subito la sua presenza. Il bacio mi aveva lasciata in uno stato di euforia. Avevo il capogiro, come se avessi girato troppe volte su me stessa. Non riuscivo a ritrovare l'equilibrio.

Un attimo dopo, Max mi sollevò e mi lasciò per terra. "Levati i jeans," mi ordinò, con tono pacato.

Capitolo Diciannove

HARLOW

Ogni volta che le cose si scaldavano, Max avrebbe potuto ordinarmi di fare qualunque cosa e io l'avrei fatta. Sbottonai prontamente i jeans, calciai via gli stivali e li sfilai. Prima ancora che potessi riportare lo sguardo su di lui, mi sollevò di nuovo per rimettermi sul bancone, trascinando le dita sulla seta bagnata tra le cosce.

"Non abbiamo molto tempo," mormorò sulle mie labbra, la voce profonda che mi faceva fremere tutta. Lo desideravo con disperazione, il cuore a mille e il fiato corto. "Quindi ti faccio godere finché non mi implori di penetrarti, ma ti farò venire senza darti ciò che desideri. E così, passerai qualche ora a pensarci. Quando poi più tardi torniamo a casa, magari, e dico magari, mi vorrai tanto quanto io voglio te."

Oh. Mio. Dio. Ogni volta che parlava sporco mi sentivo svenire. Con lui vicino, il mio corpo era sempre in perenne stato di allerta. Piccole scosse elettriche mi percorrevano da capo a pieni. A sentire quelle sue parole, mi persi in un vortice di puro desiderio da cui non potevo fuggire, che mi trasportava verso l'alto.

"Non è giusto," mormorai sulle sue labbra, quando si staccò da un altro bacio straziante.

Cominciò a stimolare il clitoride da sopra la seta bagnata. "Cazzo, sei fradicia. Io ce l'ho duro da ore e resterà così per tutta la sera."

Detto ciò, spostò le mutandine e affondò due dita fino alle nocche. Lanciai un urlo e, d'istinto, spinsi il bacino contro la mano. Si avvicinò ancora, senza smettere di massaggiare con cerchi sensuali il bocciolo turgido, scivoloso e gonfio. Poggiò la fronte alla mia, per reggersi.

"Dimmi che non lo vuoi," ripeté.

"Mi sembra di averti già risposto," mormorai, mentre i muscoli del canale pulsavano attorno alle dita che si spingevano in me.

"Non a parole, però," replicò, ritraendo le dita per affondarle di nuovo.

Voleva proprio che lo dicessi esplicitamente. Sapevo che oppormi sarebbe stato inutile. Quando rimosse le dita e cominciò a stuzzicare le labbra, aprii gli occhi per trovare i suoi.

"Mi stai facendo impazzire."

Fiamme di piacere mi ardevano dentro, mentre brividi intensi mi pervadevano tutta. Col suo corpo caldo tra le ginocchia, mi sentivo inerme. Mai avrei immaginato che un uomo potesse farmi venire con un solo sguardo, ma con Max tutto era possibile. I suoi occhi erano incandescenti. I muscoli del basso ventre si irrigidirono e il sesso pulsava disperato. Sentivo gli umori bagnarmi le cosce.

"Voglio solo farti ammettere quanto mi desideri. Ecco." Mi prese la mano e se la posò sul membro. Era duro e caldo, e premeva contro la zip. Lo sentivo pulsare contro il palmo e lo volevo dentro di me con una disperazione tale da farmi quasi urlare.

"Sono pronto a esplodere, ma aspetterò. In realtà non so neanche perché. So solo che se lo facciamo più tardi sarà ancora meglio. Non ho mai desiderato nessuno quanto desidero te, Harlow."

Quelle parole erano crude e sincere, e qualcosa mi disse che Max non era solito aprirsi così tanto con qualcuno. Non riuscivo a distogliere lo sguardo, mentre un turbine di emozioni mi si agitava dentro. "Non posso dirti che non ti voglio, perché mentirei," confessai infine.

C'era molto altro che avrei voluto dirgli, ma ancora non mi sentivo pronta. Ringraziai il cielo quando affondò di nuovo le dita in me e cominciò a fottermi con forza e vigore, senza dimenticarsi di dedicare le dovute attenzioni al bocciolo.

L'orgasmo mi travolse con una potenza spaventosa, tanto che mi spense il cervello. Il suo nome mi uscì dalle labbra in un grido gutturale. Con un bacio impetuoso, catturò i miei gemiti deliziati.

Si spostò lentamente, mentre il mio corpo era scosso da fremiti di piacere. Proprio come aveva previsto lui, ancora non mi bastava.

Restammo fermi a guardarci, mentre una sensazione di calore mi avvolgeva il cuore. Fissando il suo sguardo intenso, abbassai la mano e gli strinsi debolmente la patta. Al mio tocco, Max inspirò violentemente.

"Non ora."

In preda alla disperazione, inarcai il bacino verso di lui e gli presi la nuca per attirarlo a me. "Lo sai che mi vuoi. Perché negarlo?"

Fece una debole risata. "Perché rischiamo di fare tardi."

Indietreggiò e si chinò a raccogliere i miei jeans. Avrei voluto obiettare, ma in realtà aveva ragione. Scivolai giù dal bancone e posai delicatamente i piedi per terra. Presi dunque i jeans e me li infilai in fretta e furia. Un attimo dopo, con gli stivali già addosso, mi voltai a guardarlo. "Vuoi guidare tu o faccio io?"

"Guido io. Oggi hai già dato."

Gli lanciai le chiavi e mi seguì verso la porta. Arrivati all'ingresso, ci infilammo i cappotti e uscimmo nella serata innevata. Impiegammo qualche minuto a pulire il pick-up dai fiocchi di neve e poi partimmo verso Willow Brook. Gli indicai la strada fino al parcheggio dietro al Wildlands, un popolare resort di caccia e pesca situato sulle rive del lago di Swan. Oltre al suo hotel di lusso che ospitava ogni anno tantissimi turisti, c'erano anche una sala conferenze e un ristorante con bar molto in voga tra la gente del posto.

Scendemmo dall'auto e Max si voltò verso le acque del lago. Il lago di Swan era il fulcro del paese, il quale prendeva il nome proprio da un ruscello (*brook*) che serpeggiava dai monti fino all'immenso lago. Da buona hotshot, avevo imparato molto presto la geografia dell'Alaska.

L'Alaska centrale era punteggiata da laghi dalle più svariate dimensioni. Il lago di Swan era tra i più vasti della zona, con tre rive costellate di resort e quella opposta alla città immersa nella natura più selvaggia. Durante l'estate, era un punto molto frequentato dai turisti, con un continuo via vai di idrovolanti e numerosi sentieri che si allungavano sulla costa.

Quella sera, con i fiocchi di neve che parevano sospesi nell'oscurità, le sue acque erano a malapena visibili. Le luci dei resort brillavano nell'aria, tracciando il contorno del lago. "Immagino che d'estate sia un panorama molto diverso. Dev'essere splendido, vero?"

"Già, ma qui in Alaska ci sono soltanto panorami stupendi. E d'estate c'è molta più gente."

Si voltò e annuì, dunque ci incamminammo verso la porta. "Quest'estate sono stato a Diamond Creek a trovare Ivy e Owen. Santo cielo, c'era il delirio. Il resort sciistico attira gente tutto l'anno, ma il turismo estivo è tutta un'altra cosa."

La conversazione si interruppe quando raggiungemmo l'ingresso. Max stava tenendo la porta aperta per un gruppetto di persone che stava uscendo, per poi invitarmi a entrare. Mi seguì nel corridoio che portava al ristorante e mi prese per mano. Quella dimostrazione pubblica di affetto non fece che confondermi ancora di più. Non sapevo proprio che pensare. Non che fosse chissà quale gran gesto, ma dopo due anni da single per me era un passo bello grosso. Dato che il nostro rapporto non aveva ancora neanche un'etichetta, non sapevo come interpretare quei momenti di intimità. Con il corpo che ancora fremeva dall'orgasmo che mi aveva dato giusto pochi minuti prima, proprio non ci sarei riuscita a imporgli dei paletti.

Raggiunto il retro del bar, Max si fermò a guardarmi.

"Da questa parte," dissi, conducendolo tra i tavoli della sala.

Il lodge era ospitato in un enorme edificio in legno con parquet, travi esposte e una fila di finestre lungo il muro che dava sul lago. Lungo le pareti c'erano diversi tavolini con divanetti, con il bar e la zona biliardo da un lato, e il ristorante con i tavoli più grandi dall'altro. Alcune decorazioni natalizie davano un tocco festivo all'ambiente, con fiocchi rosso acceso appesi qua e là e lucine colorate attorno al bancone del bar e sulle travi.

Em lanciò un gridolino non appena mi vide, poi schizzò in piedi e corse ad abbracciarmi. Soltanto allora Max mi lasciò andare la mano, così che potessi ricambiare il gesto. Mi sciolsi dall'abbraccio e le strinsi le spalle, con un sorriso. "Tanti auguri! Quanti sono, scusa?" le chiesi scherzando.

"Sedici!"

Dopo qualche problema con la scuola, era finita a lavorare in caserma come punizione. Aveva preso l'abitudine di saltare le lezioni e fumare sigarette. Alla fine del servizio, il capo della polizia Rex Masters le aveva offerto un posto di lavoro, ovvero occuparsi delle mansioni più disparate. Aiutava sia in caserma che alla stazione di polizia, ma sognava di diventare una hotshot come noi.

I suoi grandi occhi grigi si spostarono su Max, colmi di curiosità.

"Piacere, Em," gli disse, porgendogli la mano.

Non avevo praticamente mai visto Max interagire direttamente con un giovane. A differenza dei bambini più piccoli, gli adolescenti erano una razza a parte.

Le rivolse un sorriso cortese e le strinse con decisione la mano. "Max. A quanto pare, sono qui per festeggiare il tuo compleanno. Spero che non ti dispiaccia aggiungere un posto a tavola."

Em fu deliziata dalle sue parole e lo guardò con un luccichio negli occhi e un sorriso sulle labbra. "Certo che no!"

Mi preparai psicologicamente alla domanda ovvia che stava per farmi, quando la mano calda di Max si avvolse di nuovo attorno alla mia.

"Oh, quindi state insieme," constatò Em, portando su di me il suo sguardo curioso.

Feci per negare, ma venni interrotta da Max. "Proprio così. Io e Harlow ci conosciamo da un po'. Ci siamo conosciuti tramite amici in comune."

Con le guance in fiamme, alzai gli occhi al cielo. In realtà preferivo che Em non cominciasse a farci un milione di domande. A quell'età, le ragazzine non avevano peli sulla lingua.

"Dicci dove possiamo sederci, Em," tagliai corto, dando un'occhiata al tavolo.

Jessie e Charlie stavano parlando dei regali. Seduti accanto a loro c'erano Beck e Maisie, che stava chiacchierando con Amelia. C'erano pure Lucy Phillips e suo marito Levi. Lei era al telefono, mentre lui mangiucchiava qualche patatina. Em ci indicò un paio di sedie vuote tra queste due ultime coppie.

Facendo il giro del tavolo, mi resi conto che eravamo circondati da coppiette. Ma in fondo, dopo l'annuncio di Max, noi due non eravamo da meno.

Capitolo Venti

MAX

Poggiandomi allo schienale della sedia, feci scivolare la mano lungo la curva della spalla di Harlow, stuzzicando un poco la pelle morbida dietro il collo. Il mio tocco si lasciò dietro una scia di pelle d'oca, che mi strappò un sorriso compiaciuto. Quella serata stava mettendo a dura prova il mio autocontrollo. Avevo già cominciato a maledirmi per non aver portato a termine l'opera prima di lasciare casa. Avevo il pene duro come il marmo, ma ormai era così da ore.

Grazie al cielo che potevo nascondere l'erezione sotto il tavolo. Harlow non stava neanche provando a provocarmi, eppure bastava la vicinanza ad accendere la fiamma del desiderio.

Non sapevo cosa aspettarmi da una serata del genere con i suoi amici. Si era rivelato ben presto un gruppo di persone alla mano, molto unito. Mi si stringeva il cuore a vedere quanto Harlow stesse cercando di trattenersi. Pareva quasi sorpresa di essere stata accettata pienamente da tutti. Ma con le nuove informazioni che avevo sulla sua infanzia, non c'era da stupirsene. Per colpa di suo padre, non aveva mai conosciuto la vera stabilità, non aveva mai trovato un posto da poter chiamare casa. Conoscendo Howard, era un uomo che viveva per il suo lavoro. Soltanto un uomo gelido e insensibile come lui avrebbe potuto trattare in quel modo la sua bambina che aveva perso la mamma, trascinandola dove gli pareva e da un hotel all'altro.

Harlow rise per qualcosa che aveva detto Maisie e si spostò una ciocca lucente dietro l'orecchio. Levi, che si era presentato al nostro arrivo, si girò a guardarmi. "Quindi stai con Harlow, eh?"

Ormai mi era stato fatto il terzo, il secondo e il primo grado. Sicuramente i suoi amici mi stavano testando per assicurarsi non fossi uno stronzo. Non sapevo come sentirmi a riguardo. Ma in fondo, ero stato io a rendere ufficiale il nostro rapporto davanti a tutti. Non volevo che qualcuno fraintendesse e potesse prenderci per semplici amici. Mi voltai e trovai i suoi occhi blu.

"Proprio così," risposi.

"È una hotshot fenomenale," commentò, per alleggerire l'atmosfera.

"Immagino."

Se non avessi visto con i miei occhi quanto profondamente amava sua moglie, in quel momento in dolce attesa, avrei potuto vederlo come una minaccia. Mi sentivo come in dovere di dimostrare a tutti quegli uomini il mio valore. Avevo già raccontato di essere stato cresciuto da un meccanico e che quindi me la cavavo con la maggior parte dei veicoli. Non mi erano parsi molto colpiti dal mio ruolo di AD di un'azienda, probabilmente perché non abbastanza virile, ma nessuno aveva fatto commenti. Scoprii che la casa di Levi era stata progettata da Owen. A quel proposito, ero riuscito a prendere qualche punto a mio favore quando gli avevo detto che pure io avevo lavorato su alcuni dei design che aveva utilizzato.

La conversazione filava tranquilla, finché Lucy non gli diede una leggera gomitata sul fianco. Nonostante lui fosse alto e grosso, mentre lei minuta e incinta, era più che ovvio chi dei due fosse il capo. Ma a Levi non sembrava pesare minimamente.

"Santo cielo, per oggi l'avete torturato abbastanza. È qui con Harlow, quindi fatevene una ragione," disse Lucy. Incrociando il mio sguardo, alzò gli occhi al cielo. "Ogni tanto Levi è allucinante. Avresti dovuto vederlo quando sua sorella si è trovata il ragazzo. È successo da poco, quindi ancora non l'ha superata. Tra le squadre ci sono soltanto due donne e sono tutti un po' troppo protettivi." Lucy si strinse nelle spalle, con una risata. "Ormai è rimasta soltanto Harlow da difendere, dato che Em è ancora troppo piccola."

La voce di Em risuonò dall'altra parte del tavolo, le luci della stanza mettevano in risalto il viola dei capelli. "Non sono mica troppo piccola. Ce l'ho già il ragazzo."

Jesse le lanciò un'occhiata, ma non disse nulla. Il suo disappunto era ben visibile, ma Charlie si intromise e cambiò prontamente argomento. Em ricominciò ad aprire i regali, arrivando all'ultimo.

Harlow mi disse qualcosa e la guardai. "Come? Non ti ho sentita."

Controllò prima l'ora e poi si voltò verso la finestra adiacente al tavolo. "Dicevo che forse è meglio andare, prima che si faccia troppo tardi. Sta ancora nevicando," ripeté, constatando l'ovvio.

Le luci del resort illuminavano i fiocchi di neve, che brillavano nell'oscurità. "E da quand'è che hai paura di un po' di neve?" la provocai.

Si fece una risata. "Di solito non mi lascio condizionare troppo, ma è sempre meglio evitare di guidare su strade ghiacciate con questo buio."

"Quindi andiamo?"

Annuì e notai soltanto in quel momento le guance arrossate. Speravo con tutto me stesso che anche lei fosse tanto eccitata quanto lo ero io. Perché avevo dei piani ben precisi per il resto della serata.

"Allora andiamo," dissi, portando indietro la sedia.

Salutammo tutti quanti e la presi per mano per uscire. Non si ritrasse, ma mi parve un poco stupita dal gesto. E in realtà avrei dovuto esserlo anche *io,* ma con lei mi veniva naturale. Volevo farle capire che ormai era mia.

Harlow acconsentì quando le chiesi di poter guidare di nuovo. Le strade buie e ghiacciate erano terribili e scivolose. Grazie al cielo, però, da giovane avevo fatto pratica tra le stradine tortuose di montagna della Pennsylvania. Ovviamente in Alaska gli inverni erano tutt'altra cosa, ma tra i monti si trovava spesso la neve.

Arrivammo a casa e trovammo quasi quindici centimetri di neve in più rispetto a quando eravamo usciti. Mi offrii volontario per pulire di nuovo la terrazza, ma mi disse che l'avremmo fatto il mattino seguente.

Immersi nel nulla più totale, era come se fossimo gli ultimi due esseri umani rimasti sulla faccia della Terra. Tra gli alberi si intravedeva qualche luce, ma tutte piuttosto distanti. Il candore della neve e la natura così selvaggia che ci circondavano creavano un certo senso di isolamento.

Entrati in casa, lanciammo via gli scarponi e lasciammo i cappotti accanto alla porta. Harlow corse verso la piccola stufa a legna e accese il fuoco. Nel frattempo, cominciai ad accendere qualche luce.

Mi venne incontro poco dopo e mi soffermai a guardare il gioco di luci e ombre sulla sua pelle. Il mio sguardo scivolò istintivamente nella valle tra i seni. Sapevo che una semplice sveltina non sarebbe stata sufficiente per soddisfarmi a pieno. Avevo bisogno di ammirare ogni centimetro del suo corpo, di gustarla con calma.

Senza aspettare un secondo di più, le andai incontro e la presi per mano, tirandola a me. Mi cadde addosso con un delicato sussulto, il viso arrossato.

"Dunque, Harlow, mi vuoi ancora?"

L'aria attorno a noi prese vita, carica dell'elettricità che animava il nostro desiderio. Fece schizzare fuori la lingua, per passarla in modo seducente sul labbro. Aveva le guance rosse come ciliegie e gli occhi scuri e profondi.

"Sì, ti voglio."

Maledizione. Quella donna non la smetteva mai di stupirmi. Mi aspettavo una reazione più timida, magari anche evasiva. E invece, aveva gettato con decisione altra benzina sul fuoco che mi ardeva dentro.

"Voglio vederti nuda," affermai, il tono piatto e più duro di quanto avessi voluto. Però, in fondo, Harlow riusciva a farmi quell'effetto. Portava tutto quanto in superficie, come quei sentimenti primordiali ed elementali che provavo soltanto per lei.

Si liberò dalla mia presa e fece un passo indietro. Nel giro di un minuto, cominciò a lanciare i vari indumenti sul pavimento, tutto intorno a lei.

E poi si fermò davanti a me, completamente nuda. I miei occhi famelici seguirono ogni curva del corpo. Aveva la pelle arrossata, il seno tondo e pieno. I capezzoli, sull'attenti, mi stavano implorando di succhiarli. Adoravo la soffice curva del ventre e i fianchi pronunciati.

Aveva un fisico robusto e forte, il contorno dei muscoli ben evidente mentre camminava verso di me. "Però non mi pare giusto, Max. Tu hai ancora troppi vestiti addosso. Levali."

Per qualche motivo inspiegabile, le obbedii senza la minima esitazione. Di solito mi piaceva tenere in mano le redini, ma Harlow riusciva sempre a farmi perdere tutto il controllo. Proprio come mi aveva chiesto, lanciai tutti i vestiti accanto ai suoi, finché non si avvicinò all'improvviso e mi spinse sul divano.

Con una mano sul fianco, si fermò a guardarmi dalla testa ai piedi. L'erezione cominciava a far male. In un lampo, Harlow si inginocchiò di fronte a me e strinse una mano attorno all'asta. Un secondo dopo, si chinò e cominciò a leccare la cappella gonfia, catturando una gocciolina di eccitazione con la lingua.

Gettai all'indietro la testa e un grugnito gutturale mi sfuggì dalle labbra quando lo prese nella sua bella bocca calda e accogliente. Dovevo vederla. Non senza pochi sforzi, sollevai di nuovo la testa e le passai le dita tra i capelli, mentre ce la metteva tutta per farmi impazzire. Stuzzicava con le labbra e la lingua, lo prendeva dentro e fuori ancora e ancora, succhiando quel tanto da spingermi verso il limite.

Quella donna era tutto ciò che avevo sempre cercato. Tanto riservata e prudente che, quando si lasciava andare, diventava un fuoco micidiale. Avrei voluto dire qualcosa, fermarla e affondare in lei, ma ero troppo perso in quel godimento assoluto che mi stava dando con la bocca e la stretta decisa della mano.

Mi sentii mormorare il suo nome e le strinsi i capelli per tenermi ancorato a terra. Un senso di calore si sprigionò alla base della schiena, finché dopo un'ultima leccata non mi riversai in lei. Quando sollevò appena la testa per pulirmi con la lingua, chinai lo sguardo sulle sue labbra diventate gonfie e rosse. Nonostante fossi appena venuto, ancora non mi sentivo appagato.

Lasciandole andare i capelli, le carezzai dolcemente la mascella. Arrivato alle labbra, strinse delicatamente un dito tra i denti, con un sorrisetto malizioso sul viso.

"Questo è quello che ti meriti per avermi fatta eccitare per tutta la sera."

"Oh, sarebbe *questo* che mi merito? Allora continuerò a provocarti tutti i giorni, tesoro. Vieni qui," mormorai, sistemandomi sul divano per poi sollevarla verso di me. Doveva aver capito che avevo intenzione di farla sedere a cavalcioni, ma soltanto per comodità. Volevo buttarla sul divano e prendermi tutto il tempo per gustarla, facendola impazzire fino a farmi pregare.

Appena si poggiò a me, mi voltai e la sdraiai sul divano, allungandomi sopra di lei. Un delizioso sussulto sorpreso le sfuggì dalle labbra.

"Ed ecco quello che ti meriti *tu*."

Catturai la sua bocca in un bacio, cercando subito la lingua per farle capire che ormai era mia. Mi staccai poi da lei, cominciando a leccare la pelle morbida del collo, scendendo verso i capezzoli turgidi. Mi spostai lungo il suo corpo, dedicando le dovute attenzioni a entrambi i boccioli. Mentre uno lo stuzzicavo col pollice, mordicchiai un poco l'altro e la sentii premersi a me, disperata.

Mi afferrò i capelli quando mi spostai sull'altro seno. Poco dopo, sollevai la testa e la guardai. Era poggiata sui cuscini, i capelli scuri una massa spettinata. Il fuoco che ardeva nella stufa le tingeva la pelle, creando giochi di luci e ombre.

Con quegli occhi intensi, le labbra gonfie e la pelle

arrossata era una meraviglia. Rischiavo di venire di nuovo soltanto a guardarla. Sentivo gli umori caldi del suo sesso mentre si strofinava contro il membro ancora duro.

"Max," mormorò. "Ti prego..."

"Oh, no. Ti tocca aspettare."

Ricominciai a leccare un capezzolo, scendendo lentamente verso il ventre morbido. Con una mano le stringevo il fianco e sentivo che aveva la pelle d'oca. Mi portai le sue gambe sulle spalle e mi spostai un poco per guardare la sua femminilità tutta rosa, che gli umori facevano brillare. Feci scivolare un dito tra le labbra, compiaciuto quando spinse il bacino verso il mio tocco.

"Sei bagnatissima. Dimmi un po', hai passato tutta la serata così? Perché io ce l'avevo duro per tutto il giorno."

Non era da me rivelare a una donna quanto mi facesse eccitare. Ma in effetti, nessun'altra prima di Harlow mi aveva mai fatto un simile effetto. Perfino dopo quel piacevole servizietto, ce l'avevo di nuovo duro e morivo dalla voglia di farla mia.

Infilai un dito nel sesso scivoloso e palpitante. Ne aggiunsi subito un altro e chinai la testa, nel disperato bisogno di gustarla. Continuando a fotterla lentamente con le dita, leccavo diligentemente il clitoride e le labbra, spingendola sempre più verso il limite proprio come lei aveva appena fatto con me.

L'orgasmo la travolse ben presto, le dita intrecciate con forza ai miei capelli e il bacino premuto contro il mio viso. Quando sentii i muscoli pulsare attorno alle dita, presi a succhiare il bocciolo finché non tremò tutta e gridò il mio nome.

Sentire una donna pronunciare il mio nome non mi

aveva mai fatto effetto, ma quando lo faceva Harlow era come musica per le mie orecchie. Non volevo fermarmi lì, dovevo farla venire di nuovo. Mi sollevai sopra di lei e posizionai il membro all'ingresso della sua femminilità, affondando in lei con un colpo secco.

Capitolo Ventuno

HARLOW

L'ultimo orgasmo mi aveva lasciata senza fiato, scossa e tremolante. Le cure di Max mi avevano sciolta. E poi, ancora prima che potessi riprendermi, era scivolato in me con un colpo secco, fino all'ultimo centimetro.

Senza lasciarmi neanche il tempo di respirare, si ritrasse e affondò di nuovo in me. Il peso del suo corpo sul mio era magnifico, duro, forte, avvolgente. Intrappolata tra i suoi gomiti, mi spostò i capelli umidi e spettinati dal volto.

"Guardami, Harlow," mormorò, un ordine sensuale a cui non avrei mai saputo resistere.

Aprii gli occhi e trovai il suo sguardo intenso. Nella luce tremolante del fuoco, l'azzurro dei suoi occhi risultava molto scuro, un abisso profondo che mi tolse l'aria. Si spinse ancora in me e gli cinsi la vita con le gambe. Mi penetrava fino in fondo e con vigore, trascinandomi in un tornado di sensazioni.

Un altro orgasmo cominciò a formarsi nell'eco del precedente, mentre fitte di immenso piacere mi pervadevano con ogni suo movimento. Mi riempiva ancora e ancora, dandomi un senso di pienezza incredibile.

Continuammo a fissarci negli occhi, avvolti nella nostra bolla di intimità che pareva soffocarmi.

La pressione infine esplose come un fuoco d'artificio e Max mi seguì un attimo dopo in fondo al precipizio, grugnendo il mio nome. Si lasciò andare su di me e rotolò di lato, per non schiacciarmi. Avrei voluto dirgli che non mi avrebbe dato alcun fastidio, che amavo sentirlo contro di me, ma non sarei riuscita a mettere insieme una frase.

Restammo lì sdraiati nella stanza silenziosa, il fiatone e la pelle madida di sudore. Un momento dopo, lo sentii irrigidirsi un poco al mio fianco. Aprii gli occhi e mi interruppe prima che potessi chiedergli qualunque cosa, rispondendo comunque alla mia domanda.

"Ho dimenticato il preservativo," disse piattamente, lo sguardo cupo e angosciato.

"Tranquillo, ho la spirale," replicai prontamente.

Non che ne avessi poi così tanto bisogno, con una vita sessuale morta come la mia. Ma dopo essere rimasta incinta perché in missione avevo dimenticato di prendere la pillola per un giorno solo, avevo deciso di optare per qualcosa che non avrebbe risentito di un lavoro imprevedibile come il mio.

Mi studiò il volto e fece un bel sospiro profondo. Spostò alcune ciocche che mi erano ricadute sul viso e fece una smorfia triste. "Beh, meno male, ma non mi è mai capitato prima. Ti assicuro che sono pulito. È la prima volta che faccio sesso senza preservativo dopo anni e anni. Già, alle superiori ero un ragazzino molto stupido," commentò, ridacchiando.

"Sono pulita anche io. Per tua informazione, sei l'unico uomo con cui abbia fatto sesso in questi due anni. Quindi direi che non dobbiamo più preoccuparci delle protezioni, no?"

Non sapevo come interpretare la sua espressione, ma poi rise di nuovo. "Ah, Harlow, mi fai proprio impazzire."

Mi rubò un bacio e poi mi prese tra le braccia, riuscendo ad alzarsi dal divano con il mio peso. Senza chiedermi nulla, salì al piano di sopra e mi portò sotto la doccia.

———

Avvolta nel forte abbraccio di Max, dubbi e angosce mi impedivano di addormentarmi. Con lui era tutto troppo semplice e meraviglioso. Non poteva durare.

Max mi aveva detto che ciò che c'era tra di noi era troppo potente da ignorare, ma per quanto vere, quelle parole erano comunque troppo vaghe. Tendevo sempre a cogliere significati che in realtà non c'erano, perché in realtà non stava parlando di altro che della chimica che condividevamo. Ovvero, il sesso.

Dovevo tenerlo bene a mente. Dovevo continuare a ricordare al cervello e a quel sognatore del mio cuore che non potevo aspettarmi di più. Quel momento di angoscia però fu breve, perché mi sentivo troppo appagata e soddisfatta. Nelle braccia di Max, ero al sicuro e protetta.

Quell'uomo era praticamente una stufetta umana. Avevo sempre molto freddo la notte, ma con il suo corpo caldo e muscoloso premuto contro il mio potevo godere di un piacevole tepore. Mi svegliai nel cuore della notte quando percepii le sue mani che esploravano ogni curva del mio corpo, soffermandosi a carezzare pigramente i capezzoli turgidi.

Non sapevo se fosse sveglio o meno, ma spinsi istintivamente il sedere contro l'erezione marmorea. Da quel momento in poi, era decisamente sveglio.

Mi sarebbe piaciuto dire che avevamo fatto l'amore, ma ancora non me la sentivo di usare una parola tanto forte come quella.

Comunque, mi prese da dietro con movimenti lenti, pigri e sensuali. L'intensità del rapporto mi scosse nel profondo, finché non mi addormentai col suo nome sulle labbra.

Capitolo Ventidue

HARLOW

Il mattino seguente mi svegliai presto come mio solito e, anche se con riluttanza, scivolai giù dal letto. Mi sarebbe piaciuto tanto restare lì accanto a Max, ma era un qualcosa di troppo intimo. Mi sentivo come sotto ipnosi, pronta a gettarmi da un momento all'altro tra le sue braccia, folle d'amore. Però stavo senz'altro fraintendendo tutto.

Uscii dalla stanza in punta di piedi, riuscendo a non svegliarlo. Dopo una doccia veloce, mi infilai dei pantaloni da casa e una maglia felpata molto morbida, per poi scendere al piano di sotto. Misi dunque a fare il caffè e mi avvicinai alla finestra per ammirare il paesaggio invernale.

Stava ancora nevicando, ma molto meno rispetto al giorno precedente. Sembrava esserci mezzo metro di neve in più. Sebbene avessi imparato ad arrangiarmi nel clima invernale dell'Alaska, ero quasi sicura che quella mattina avrebbe avuto problemi a muoversi anche la gente del luogo.

Oltre i fiocchi di neve, si vedeva il sole che faceva la sua comparsa dalle cime innevate dei monti, ma il buio avrebbe persistito ancora per un'altra ora. Sfumature di rosa tingevano il cielo, mescolate a qualche scia color lavanda del cielo notturno. Amavo davvero tanto le albe e i tramonti invernali, che parevano quasi eterei.

Lanciai uno sguardo sull'orologio appeso alla parete della cucina, che segnava le sette del mattino. Chissà a che ora si sarebbe svegliato Max. Conoscendo beve Ivy, sapevo che anche lei era una tipa mattiniera come me, quindi decisi di chiamarla in cerca di qualche consiglio. Se nel frattempo Max si fosse svegliato, me ne sarei accorta in tempo per terminare la telefonata.

Mi versai una tazza di caffè, aggiunsi un cucchiaio di panna e chiamai la mia migliore amica. Con i piedi agganciati attorno alle gambe dello sgabello davanti all'isola, rimasi in attesa col cellulare all'orecchio, sperando di trovarla sveglia.

"Ehi!" esclamò Ivy. "Perché mi chiami a quest'ora? Non che mi dispiaccia, sia chiaro. Sia io che Owen eravamo già svegli. Sto lavorando in cucina, mentre lui si sta occupando di alcuni design al piano di sotto, con gli schermi più grandi. Dunque, o mi stai chiamando perché avevi cinque minuti liberi oppure hai bisogno di me."

"Buongiorno a te. E tu che ne sai?"

Ivy si fece una risata. "Ogni volta che sei stressata mi chiami di prima mattina. Dai, che succede?"

Ivy mi conosceva proprio bene. Per fortuna che non mi vedeva in faccia, dato che mi sentivo rossa come un pomodoro. Non perché riuscisse a leggermi come un libro aperto, ma perché sapevo cosa stavo per dirle.

"Ok, d'accordo, hai ragione. Ti chiamo per parlare di Max."

"Cioè? Ah, poi ricordami che ho scoperto alcune cosucce sul suo conto. Ma comincia tu."

Le sue parole avevano stuzzicato la mia curiosità, ma avevo davvero troppo bisogno di qualche consiglio. "Allora, l'altro giorno l'ho incontrato ad Anchorage, dopo che *tu* gli hai detto che ero lì in zona."

Ivy rise. "E dove sarebbe il problema?"

"Beh, fin qui nessuno... credo. Cioè, diciamo che ci siamo caduti di nuovo."

"In che senso?"

"C'era brutto tempo ed eravamo entrambi nello stesso hotel."

"Ok, quindi avete fatto sesso," dichiarò, piattamente. "E quindi?"

"Beh, adesso è qui a casa mia e abbiamo passato due notti insieme. Continua a dirmi tutto ciò che voglio sentirmi dire, ma so che è una *pessima* idea. Ti prego, fermami prima che faccia qualche altra stronzata." Le spiegai tutto quasi d'un fiato, sentendo l'angoscia montarmi nel petto. Allora bevvi un sorso di caffè, ordinando ai miei nervi di placarsi.

Ivy sospirò profondamente. "Oh, tesoro. Non posso dirti una cosa del genere. Non hai mai fatto stronzate e smettila di pensarlo. Secondo me devi dargli una chance."

Alle sue parole, sospirai io. "Ehm, ok, ho capito che tu ci conti tanto. Ma da quello che ho capito su di lui, a me non pare una mossa saggia. Arriva al punto e dimmi cos'hai scoperto, dai."

"Ho chiesto a Owen perché Max non vuole relazioni serie e mi ha risposto onestamente. Non è nulla di che, sul serio. All'università aveva una tipa che l'ha lasciato dopo qualche anno. Mi ha detto che non gliene aveva mai parlato, ma una volta gli è sfuggito qualcosa dopo aver bevuto. Ha cominciato a lamentarsi di lei perché ha scoperto troppo tardi che lo voleva soltanto perché sperava trovasse un lavoro ben pagato una volta terminati gli studi al MIT. E da quello che ho capito, la relazione ha cominciato a peggiorare quando l'ha portata a conoscere la sua famiglia. Come ho già detto, non è nulla di traumatico, però pare aver perso le speranze nell'amore," spiegò Ivy.

Una fitta di rabbia mi pervase. Provai un inspiegabile senso di protezione nei confronti di Max e ce l'avevo a morte con quella ragazza che neanche conoscevo. Che idiota. A prescindere da tutto, Max era davvero un brav'uomo. Immaginare che qualcuno potesse provare ad approfittarsi di un giovane pieno di ambizioni e speranze, un po' come tutti, mi faceva infuriare.

"Oh, e poi ha perfino provato a tornarci insieme quando l'azienda di Max ha cominciato ad avere successo," aggiunse lei, in tono derisorio.

Sebbene lei e Owen fossero piuttosto ricchi, non era una che dava molto peso ai soldi. Per lui non erano altro che un aspetto secondario. Ero certa che insieme sarebbero riusciti a superare qualunque ostacolo, restando insieme in salute e in malattia, in ricchezza e in povertà eccetera eccetera. Il mio cuore bramava un amore come il loro, ma temevo che non facesse parte dei piani che il destino aveva in serbo per me.

"Che bella merda," commentai.

"Eh, già. È per questo che Max ha bisogno della donna giusta. Owen mi ha detto che in tutti questi anni sei l'unica di cui gli abbia mai parlato. Probabilmente si è rivolto a lui perché sa che siamo amici. Comunque sia, fammi un bel favore e dagli una chance. O meglio, per una volta dai una chance a *te stessa*."

Se solo fosse stato così semplice.

Capitolo Ventitré

MAX

Fui svegliato dalla voce ovattata di Harlow, con un sorriso sulle labbra. Dalle lenzuola fredde, dedussi che si era alzata piuttosto presto. Il che era palese. Ricordavo di essermi riaddormentato nel cuore della notte dopo averla fatta di nuovo mia. Non ricordavo neanche chi dei due avesse incominciato, o se addirittura fosse cominciato tutto ancora durante il sonno.

Spinsi via le coperte e mi sedetti sul bordo del letto, per poi alzarmi. Mi guardai intorno e trovai il mio borsone ai piedi della cassettiera. Per prima cosa, mi serviva una doccia. Uscii in corridoio e sentii la voce di Harlow dal piano di sotto.

"Lo sai cos'è successo l'ultima volta, Ivy. Ne sono uscita distrutta. Non posso permettermi di soffrire di nuovo così tanto."

Rimasi come paralizzato sulla porta. Per la prima volta in vita mia, sentivo il desiderio di origliare una conversazione. Rimasi fermo immobile, quasi senza respirare, chiedendomi di chi o di cosa stesse parlando, aspettando aggiungesse qualcosa. Ci fu una pausa, mentre Ivy le stava rispondendo.

"Lo so, ma sai che riesco sempre a stanare gli uomini che da me non vogliono altro che sesso," le rispose Harlow. "Sono migliorata molto. Oltre a Max, ormai è da due anni che non prendo decisioni stupide."

Dunque mi considerava soltanto un'altra delle sue decisioni stupide? Le sue parole mi irritarono particolarmente. Ma non mi piaceva neanche quel dolore che traspariva dalla sua voce mentre parlava del suo passato. Sapendo di non poter restare tutto il tempo nascosto lassù, feci sbattere delicatamente la porta alla parete per avvertirla della mia presenza.

Andai così dritto in bagno, determinato a trovare una strategia per dimostrare ad Harlow che *noi due* non eravamo una decisione stupida. Tutti i miei dubbi e remore evaporarono nell'aria. Avevo capito che tra di noi non c'era soltanto quella chimica incandescente che avrebbe potuto ardere al suolo una casa intera. Non riuscivo più neanche a immaginare la mia vita *senza* Harlow. E non me la sarei fatta sfuggire.

Con lei non riuscivo neanche a preoccuparmi dei vari problemi logistici. Nonostante lei vivesse in Alaska e io a San Francisco, in due universi lontani anni luce, ero certo che non tutto fosse perduto. I nostri rispettivi migliori amici ne erano la prova lampante. Ai dettagli ancora non ci avevo pensato molto, ma uno dei due si sarebbe trasferito dall'altro. Il risultato non mi interessava, mi bastava poter avere Harlow tutta per me.

Dopo una doccetta veloce, mi infilai dei jeans e una maglietta e scesi al piano di sotto. La telefonata con Ivy si era conclusa e Harlow stava preparando dei pancake. Non doveva essersi svegliata molto prima di me, dato che aveva ancora i capelli umidi. Con la cascata di ciocche scure sulle spalle e le guance rosa, mi eccitava come non mai. Avrei tanto voluto piegarla a novanta sul bancone e farla di nuovo mia. Ma soffocai quel desiderio. Non potevamo cominciare la giornata in quel modo. Non volevo convincerla ulteriormente che tra di noi ci fosse soltanto sesso.

Sollevò la testa e mi sorrise, al che notai un velo di vulnerabilità che le oscurava gli occhi. Le andai incontro e le stampai un bacio sulla guancia, mentre girava un pancake nella padella.

"Buongiorno. Non c'era bisogno di preparare i pancake."

Abbassò il fuoco e incrociò il mio sguardo. "Beh, qualcosa dobbiamo pur mangiarla. E poi mi piace cucinare. Il caffè è già pronto," disse, indicando alle sue spalle. "Ho una montagna di neve da spalare. Non c'è bisogno che..."

Oh, non le avrei *mai* permesso di occuparsene da sola, per rimanere a girarmi i pollici. "Non azzardarti neanche, ti aiuto volentieri. Quand'è che passano a ripulire il vialetto?" le chiesi, ricordando che il giorno prima me l'aveva accennato.

"Dovrebbe essere passato stanotte, però poi ha continuato a nevicare. Ripasserà senz'altro anche oggi."

"Sta ancora nevicando," commentai con una risata, lanciando uno sguardo fuori mentre mi versavo il caffè.

"Vuoi della panna?" mi chiese, quando bevvi un sorso.

"No, mi piace così."

Feci il giro dell'isola e scivolai su uno sgabello, restando a osservare Harlow mentre cucinava.

Dopo un pasto delizioso, uscimmo a spalare la neve finché non arrivò lo spazzaneve a liberare il vialetto. Con tutta la giornata di fronte a noi, Harlow mi invitò a pranzo in paese. Accettai molto volentieri, dato che avevo già lavoricchiato un poco e avevo sentito Owen per informarlo di alcuni problemi che avevo riscontrato nella nuova azienda.

Come c'era da aspettarselo, alcuni ingegneri avevano presentato le proprie dimissioni, per proteggere i loro design e brevetti. I proprietari precedenti erano riusciti a preparare in modo adeguato i propri dipendenti alla transizione, ma c'era comunque qualcuno a cui la vendita proprio non era andata giù.

Harlow parcheggiò in centro, davanti a un bel localino con un'insegna colorata che diceva *Firehouse*. Si voltò a guardarmi e disse, "È tra i miei posti preferiti, sai? Un tempo lì dentro c'era la caserma. Vendono panini squisiti e un caffè da sogno. Dopo tutta quella faticaccia, sto morendo di fame."

La seguii dentro e mi guardai intorno. Il precedente garage era stato trasformato in una sala con tavolini, con il bancone e la cucina a vista su un lato. Il pavimento in cemento era di un azzurro delicato, il vecchio palo era decorato con fiori dai colori vivaci, i davanzali erano di un bel rosa accesso e alle pareti erano appesi alcuni quadri. Lucine natalizie pendevano dalle finestre e attorno al palo, mentre alle pareti erano state disposte in modo da formare delle stelle. L'ambiente era molto allegro e ospitale.

Harlow mi prese a braccetto, ma rendendosi conto di ciò che aveva fatto si irrigidì e fece per lasciarmi andare. Senza esitare neanche un secondo, le fermai la mano. "Stamattina vuoi fingere che non siamo una coppia?" le chiesi, per provocarla un po'.

Mi guardò e un sorriso le sfiorò le labbra, mentre un rossore le tingeva le guance. Un attimo dopo, tuttavia, il suo sguardo si incupì, come se un'ombra le fosse calata addosso. Se non ci fossimo trovati in pubblico, le avrei chiesto come stava. Un attimo prima che potessi baciarla, qualcuno la chiamò e si voltò dall'altra parte.

"Harlow! Che piacere, tesoro. Scusami se ieri non mi sono fatta viva quando siete passati a portarmi la spesa. Ne avevo proprio tanto bisogno, grazie mille."

La donna uscì da dietro il bancone. I capelli scuri, con qualche striatura argentata, erano raccolti in una treccia. Era paffutella ed emanava un'aria materna e calorosa. I suoi curiosi occhi marroni si fissarono su di me.

"Ma figurati," disse Harlow. Poi si voltò a guardarmi. "Ti presento Max, è..."

"Il suo ragazzo," la interruppi, completando la frase e porgendo la mano alla signora.

Un sorriso affettuoso le increspò gli angoli degli occhi. "Janet," replicò, stringendomi la mano con decisione. Poi si rivolse ad Harlow. "Te lo stavi tenendo tutto per te, eh?"

Harlow arrossì e scosse la testa. Sicuramente, se non fossi stato lì con lei, avrebbe provato a negare tutto. Ormai avevo optato per un approccio diretto e sincero, nella speranza di riuscire a buttare giù quelle mura che aveva attorno al suo cuore. Quelle difese che aveva dovuto tirare su perché qualcuno l'aveva fatta soffrire.

"Stiamo morendo di fare," annunciò, ignorando il commento di Janet. "Ieri abbiamo passato la serata a spalare e ci è toccato farlo pure stamattina."

Ridacchiando, Janet ci indicò un tavolo accanto alle finestre e la seguimmo. "Oh, non me ne parlare. Se la neve supera i trenta centimetri, devo chiedere aiuto per pulire sia a casa che qui."

Ci sedemmo al tavolo, con vista sulla Main Street, in quel momento abbastanza trafficata.

"Dunque, il caffè preferito di Harlow lo conosco, tu invece che prendi?" mi chiese.

"Se quello della casa è molto intenso, allora quello. Senza zucchero."

"Bene, torno subito. Date un'occhiata al menu, così dopo prendo l'ordinazione."

Come promesso, Janet tornò pochi minuti dopo con i caffè e Harlow ordinò subito, quindi cominciarono a chiacchierare mentre sceglievo cosa prendere. "Oh, Ward mi stava dicendo che un tuo vecchio collega del Montana ha fatto domanda in caserma. Per caso hai idea di chi possa essere? Gli ho detto che se siete amici è senz'altro una brava persona," disse Janet ad Harlow.

Sollevai lo sguardo dal menu, che stavo ancora sfogliando, e la vidi impallidire. "Per caso sai come si chiama?"

"Sì, un certo Cliff."

Se prima mi era parsa pallida, quel nome la fece diventare bianca come un lenzuolo. Chiuse gli occhi, l'espressione tesa. Janet si voltò a rispondere a un altro cliente poco distante. Quando riportò l'attenzione su di noi, ordinai un burger di salmone e aspettai che si allontanasse prima di dire qualunque cosa.

Avrei preferito trascorrere una giornata allegra e spensierata, ma il dolore che leggevo negli occhi di Harlow mi stava uccidendo.

"Tutto bene?"

Capitolo Ventiquattro

HARLOW

La domanda di Max me l'aspettavo, eppure, quando lo guardai nei suoi occhi compassionevoli mi sentii assolutamente vulnerabile e l'ansia si strinse attorno al mio cuore come una morsa. Avrei dato qualunque cosa per potergli dire cos'è che mi stava tormentando, per sentirmi dire che Cliff era un idiota e che finalmente ero riuscita a superare tutto. Avevo bisogno di conforto, di poggiarmi a qualcuno.

Però invece dovevo contare solo su me stessa. Ormai era palesemente ovvio che fossi rimasta sola al mondo. La notizia che mi aveva dato Janet ne era un doloroso promemoria. *Non* potevo fare affidamento su nessuno. Ogni volta che ci provavo, la mia sanità mentale ne risentiva in modo disastroso.

"Sì, tutto bene. È stato strano sentire il suo nome, tutto qui," risposi, dopo una pausa un po' tanto lunga.

Lo sguardo fin troppo perspicace di Max si fissò nel mio. "E come mai?"

La cautela che percepii nel suo tono non mi piacque affatto. Mi sembrava un po' troppo preoccupato per quello che avrei potuto dirgli. Non sopportavo quando la gente provava a leggermi nella mente e a interpretare le mie reazioni. La mia risposta brutalmente onesta stupì anche me.

"Beh, lo trovo strano perché anni fa stavamo insieme. O meglio, *pensavo* stessimo insieme. Finché non ho scoperto che nel frattempo si stava scopando anche altre due colleghe. La verità è venuta fuori soltanto quando sono rimasta incinta e ho perso il bambino."

Le mie parole, pesanti come un masso, parevano schiacciarci. Max sbarrò gli occhi.

"Cosa?" chiese, quasi in un sussurro.

Non l'avevo mai visto arrabbiato, ma riuscivo a percepire la sua furia sin dall'altra parte del tavolo. Mi veniva da piangere. Ormai la rottura con Cliff l'avevo bella che superata, ma il trauma che avevo vissuto non l'avrei mai dimenticato. Mi ero creata una perfetta relazione immaginaria che in realtà non era mai esistita. Nonostante la gravidanza non l'avessi programmata, avevo comunque sperato che avrebbe potuto cambiare qualcosa. Perfino dopo aver scoperto la vera natura di Cliff, ai tempi ero determinata a far funzionare le cose.

Il sogno della mia vita era di trovare un senso di stabilità e qualcuno che mi amasse. Ricordai le parole della mia psicologa: *"Prima di tutto devi lavorare su te stessa"*. Mi aveva anche fatto notare che erano molti i bambini a non aver ricevuto ciò di cui tanto avrebbero avuto bisogno dai propri genitori, e che da adulti avrebbero dovuto cercare un equilibrio da soli. La vita era ingiusta e il mondo non doveva nulla a nessuno.

L'ultima parte non l'aveva detta lei, era troppo gentile per parole così crude, ma era una verità che cercavo di ricordare a me stessa il più spesso possibile. Non c'era nessuno su cui potessi fare affidamento.

Davanti a quelle fiamme di rabbia che bruciavano negli occhi di Max, avrei voluto cadere di nuovo in tentazione e cominciare a sognare un qualcosa che non si sarebbe mai avverato.

"Che pezzo di merda," commentò piattamente, quando non dissi nulla.

"Beh, già, però io sono una vera idiota per essergli andata dietro," risposi, cominciando a sentirmi esausta.

Max posò la mano sulla mia, la presa calda, forte e sicura.

"Non è assolutamente vero. Nessuno è un idiota soltanto perché si fida degli altri. Il mondo è pieno di stronzi. E quando fanno stronzate, la colpa è soltanto loro. Ti prego, dimmi che dirai a Ward di non prenderlo neanche in considerazione."

"Max, non posso mica dirgli chi può assumere o meno," protestai.

"Hai ragione, ma puoi almeno dirgli che è uno stronzo. Tu non hai alcuna colpa. Se quel coglione ti ha trattata di merda non merita l'occasione di strisciare di nuovo nella tua vita."

"Max, si è trattato di una gravidanza inaspettata. È proprio dopo quell'incidente che ho smesso di prendere la pillola e ho optato per la spirale. Quando sono in missione, è un vero delirio. Non sto giustificando Cliff, però..."

Mi bloccai, senza sapere cos'altro dire. L'idea che avrebbe potuto cominciare a lavorare insieme a me mi stressava da impazzire. Non certo perché provassi ancora qualcosa per lui, ma per ciò che rappresentava e per il suo legame a quel periodo così doloroso della mia vita.

"La vita è inaspettata per tutti. Questo non gli dava il diritto di scoparsi altre due persone e di abbandonarti mentre soffrivi da sola. È andata così, vero?" domandò, lo sguardo agguerrito.

Annuii e mandai giù il groppo alla gola. Sentirmelo dire in faccia bruciò un poco, come se avesse messo del sale su una ferita aperta che speravo si fosse chiusa. Nel tempo avevo ritrovato un senso di pace, ma quel discorso mi stava ricordando quanto avessi sofferto in passato.

Max sembrava determinato a parlarne in quel momento, ma mi sentivo come soffocare dall'emozione e non mi andava di rivivere un qualcosa di così doloroso in un locale pubblico.

"Dirò a Ward che tra di noi è finita male, ma tutto qui. Non voglio che qualcuno scopra cos'è successo. Scusami se ti ho gettato addosso questa bomba. La notizia mi ha sconvolto e mi è andato in tilt il cervello," mi giustificai.

Max non disse niente, lo sguardo pensieroso. Avrei tanto voluto leggergli nella mente, fargli un milione di domande. Con la coda dell'occhio vidi Janet che si faceva strada tra i tavoli con i nostri piatti. L'interruzione fu tanto gradita, se non altro perché la conversazione si spostò su qualcos'altro.

Più tardi, ci avviammo verso la porta e Max mi prese per mano. "So che pensi di aver già capito tutto sul mio conto, ma non è così. Non meritavi ciò che ti ha fatto quello stronzo. Non so bene cosa tu abbia intenzione di fare, ma non escludere a prescindere questo *noi*."

———

Non potevo prendermela con Ward per aver cambiato i turni delle squadre, ma una parte di me avrebbe tanto voluto passare la settimana a lavorare in zona. Con l'arrivo dell'inverno, ci occupavamo soprattutto di emergenze locali. Per ovvie ragioni, il manto di neve che ricopriva i panorami più selvaggi riduceva drasticamente il pericolo di incendi. Di tanto in tanto, all'inizio della stagione ci occupavamo di incendi controllati perché il clima offriva le condizioni migliori. Altrimenti, tutte e tre le squadre di Willow Brook facevano a turno per gestire le emergenze in paese e nei dintorni.

La visita inaspettata di Max mi aveva scombussolata. Avevo le emozioni sottosopra e non riuscivo a ritrovare il giusto equilibrio. Il lavoro mi avrebbe dato la scusante perfetta per cacciarlo. Se solo non avesse sentito Ward quando mi aveva detto che avrei avuto la settimana libera... Però non me la sarei sentita di mentirgli e non mi piaceva neanche l'idea di fuggire come una codarda. E in realtà, per quanto la cosa non mi andasse proprio giù, una parte di me *amava* la sua compagnia. Un po' troppo.

Il mattino seguente mi svegliai ancora prima del solito. Non perché volessi alzarmi così presto, ma perché dovevo andare in bagno. Mi ero svegliava sul corpo caldo di Max, il polpaccio avvolto al suo e la testa nella curva della spalla. Con un braccio forte, mi stringeva a sé.

Perfino nel sonno, il fisico era sodo e muscoloso. *Non* volevo alzarmi dal letto. Affatto. Ma il mio corpo non era d'accordo. Nella mente, invece, stavo facendo i salti mortali per salvare il mio cuore innocente dall'orlo del precipizio. Mi stavo gettando di testa in quel rapporto che si stava creando con Max e dovevo salvarmi prima che fosse troppo tardi.

Con l'orologio che leggeva le cinque e mezza del mattino, scivolai via dal suo caldo abbraccio e mi alzai, uscendo dalla stanza in punta di piedi. La tentazione di tornare a letto era forte, ma per resistere decisi di farmi una doccia. Col getto bollente che mi cadeva sulla pelle, mi fermai a riflettere sulla situazione. Stentavo a crederci, ma nonostante tutti i miei sforzi avevo permesso a me stessa di spingermi così in là con Max, rischiando di ritrovarmi per l'ennesima volta col cuore spezzato.

Dopo il pranzo del giorno prima al Firehouse, quando gli avevo rivelato tutta la verità su Cliff, ci eravamo fatti un giro del paese per sbrigare alcune commissioni prima di tornare a casa. Per distrarre la mente, mi ero rintanata in cucina a preparare la cena. Mio malgrado, quell'attività così tanto ordinaria non aveva fatto altro che aggiungere l'ennesimo strato di intimità al nostro rapporto. Dopo la morte di mia madre, vivendo sempre in hotel non avevo più passato delle piacevoli serate a casa con la mia famiglia. Di conseguenza, per me un momento tanto semplice come quello ero carico di significato.

Non potevo crederci che Max insistesse per dare una possibilità al nostro rapporto, nonostante vivessimo due vite completamente opposte. Io vivevo in quel piccolo paesino sperduto dell'Alaska, mentre lui era un dirigente d'azienda a quasi cinquemila chilometri di distanza.

Ma ora è qui. Adesso ha pure un motivo che lo porta in Alaska. Non sei costretta a restare qui. Per stare con Max varrebbe la pena cambiare qualcosa.

Ecco, come al solito, il mio cuore stava cominciando a farsi illusioni. Era proprio disperato. Tra l'altro, passare tutto quel tempo insieme a Max non faceva che peggiorare le cose, mi piaceva ogni minuto di più. Sarebbe bastato il sesso straordinario a farmi innamorare di lui. Santo cielo, quell'uomo riusciva quasi a farmi venire con uno sguardo infuocato.

Scossi via quei pensieri, o almeno ci provai, e presi il flacone del balsamo. Mentre facevo scorrere le dita tra i capelli, ripensai ad alcuni istanti erotici della sera prima insieme a Max. Soltanto il pensiero mi fece arrossire violentemente.

Dopo essermi asciugata, mi infilai dei leggings e una maglietta a maniche lunghe. Nel frattempo, stavo ancora cercando una scusa per convincere Max ad andarsene.

Però non vuoi che se ne vada. Devi soltanto smetterla di fare stronzate.

Ogni volta che mi immaginavo la sua partenza, sentivo una fitta al cuore. Come un piccolo taglio sulla superficie, un dolore breve ma acuto. Con la conversazione del Firehouse che mi risuonava nelle orecchie, misi a fare il caffè. Ripensando al commento di Janet su Cliff, mi chiesi cosa diavolo avesse in mente quell'uomo.

Lo sapeva che avevo trovato lavoro proprio in quella caserma, quindi non aveva alcun senso che avesse fatto domanda anche lui.

Mi ero innamorata di Cliff durante l'addestramento a hotshot. La scoperta della gravidanza mi aveva inizialmente scioccata, ma poi avevo cominciato a far viaggiare la mente. Come mio solito, dato che ero alla perenne ricerca di amore. Per l'ennesima volta, mi ero illusa che tra di noi ci fosse qualcosa che in realtà non c'era. Col senno di poi, era pure ovvio. Cliff non mi aveva mai fatto alcuna promessa o dichiarazione. Era tutto soltanto nella mia testa.

Nonostante non fosse nei miei programmi, avevo comunque deciso che volevo tenere il bambino. Non desideravo altro. A un dolore si era poi intrecciato un altro. Neanche la mia dottoressa era riuscita a risalire alle cause dell'aborto spontaneo. Però era successo qualche giorno dopo una caduta che avevo fatto sul lavoro. Non potevo comunque essere certa che le cose fossero davvero collegate.

Proprio per tutti quei motivi, dovevo stare molto attenta a come decidevo di muovermi con Max. Non perché avessi intenzione di rimanere di nuovo incinta. Piuttosto, dovevo proteggere il mio cuore, ancora vulnerabile sotto le difese che avevo creato negli anni. Avevo bisogno di garanzie che non potevo pretendere da nessuno.

Sentii i passi ovattati di Max dal piano di sopra, quindi distolsi lo sguardo dalla finestra. Erano da poco passate le sei e il sole sarebbe rimasto dietro l'orizzonte ancora per un po'. La notte stava gradualmente cedendo il posto all'alba, ma la luce non aveva ancora cominciato a penetrare l'oscurità.

Accese l'acqua della doccia e mi avvicinai al frigorifero per cercare qualcosa da cucinare. Optando per delle omelette, tirai fuori i vari ingredienti. Qualche minuto dopo, mentre sbattevo le uova, Max scese al piano di sotto.

Sollevai lo sguardo e lo vidi avvicinarsi. Aveva i capelli bagnati e un luccichio negli occhi. Con un'ombra di barbetta sulla mascella, era addirittura più bello del solito. Ricordai quando la sera prima mi aveva solleticato la pelle delle cosce, prima di farmi esplodere con la bocca e le dita.

Il mio cuore ebbe un tonfo violento contro le costole. L'emozione mi travolse come un'onda e mi sentivo affogare, senza più riuscire a tornare in superficie.

Capitolo Venticinque

MAX

Quel pomeriggio, il mio telefono vibrò sul tavolo. Mi voltai e, vedendo il nome di Owen sullo schermo, fui quasi tentato di non rispondere. Harlow aveva appena annunciato di dover andare al supermercato. Per quanto volessi accompagnarla, avevo del lavoro da fare.

Non era mai un problema spostarmi perché potevo sempre fare tutto online, ma l'acquisto della nuova azienda era molto recente, quindi non potevo lasciarmi distrarre. Dovevo anche rispondere ad alcune e-mail su alcune questioni inerenti alla sede di San Francisco. E così, mi ero trovato un posticino in cucina, sull'isola, con una tazza di caffè in mano e la stufa accesa poco distante. Senza buoni motivi per ignorare la chiamata, risposi e misi il vivavoce.

"Ehi, bello, come va?"

"Ehi, volevo proprio chiedertelo io. Stavo parlando con il capo ingegnere di un progetto e mi ha detto che non sei ad Anchorage. Mi sono perso qualcosa, per caso?" mi chiese Owen.

Mi feci una risata, ricordandomi un po' tardi che non mi ero neanche preso la briga di avvisarlo che mi sarei preso qualche giorno di pausa. Mi aspettavo già una sfilza di domande, ma gli avrei detto comunque la verità.

"Oh, e Ivy mi ha detto che sei a Willow Brook da Harlow. Mi ha fatto qualche domanda sul tuo passato e mi ha pure detto che se ti azzardi a farle del male sarebbe tutta colpa mia," aggiunse Owen, con una risata ironica.

"Capisco."

"Allora, me lo dici o no che cosa diamine succede?"

Sospirai, passandomi le dita tra i capelli, e bevvi un sorso di caffè. "Certo. Scusami, avrei dovuto dirtelo prima che per qualche giorno avrei lavorato da casa. Ho incontrato Harlow all'hotel in cui stavo ad Anchorage e ora sono qui da lei."

"Beh, fino a lì ci ero arrivato, grazie. Ma ora mi è già tutto più chiaro. Guarda che se le fai del male Ivy ti ammazza davvero, quindi spero che non debba preoccuparsi troppo." Stava di sicuro alzando gli occhi al cielo.

"Senti, sembrerà assurdo, ma Harlow è diventata molto importante per me. Lo so che dovrei tornare ad Anchorage. Non posso permettermi di stare via per troppi giorni."

"Ma non preoccuparti, davvero. Posso andarci io. Volevo giusto informarti di due ingegneri che hanno tentato l'ammutinamento." Grazie al cielo, cambiò argomento. Dovevo ancora fare ordine tra i miei sentimenti e non mi sentivo pronto a parlarne con qualcun altro. Continuò, "Hai presente il servizio di monitoraggio dei computer che abbiamo installato nel sistema interno?"

"Certo. Lo facciamo sempre. Cos'è successo?"

"Uno dei due stava provando a scaricare i design brevettati da remoto. Il firewall gliel'ha impedito, ma stamattina ho chiamato subito quando ho controllato le notifiche. Sinceramente, forse è il caso se ci andiamo entrambi per affrontare la faccenda. So che preferiresti rimanere lì, mi dispiace. Che ne dici se ci becchiamo lì domani e poi resto io? Quando abbiamo risolto, puoi tornare a Willow Brook."

"Cazzo," mormorai. "Spunta sempre qualcosa di nuovo. È un ottimo team di ingegneri. Detesto quando qualcuno fa stronzate del genere."

"Lo so, ma meglio adesso che in futuro. Abbiamo due impiegati di cui dobbiamo occuparci. Dobbiamo anche provare a risollevare il morale generale, quindi è meglio ricordare a tutti che se non avessimo comprato l'azienda, avrebbe fallito. Quindi va bene per domani?"

Owen non amava perdere tempo. Preferiva affrontare di petto qualunque problema, dunque era davvero un'ottima persona con cui lavorare. Ma non solo, eravamo amici da molti anni, avevamo stili molto simili e odiavamo le riunioni di pianificazione infinite.

"Certo, allora arrivo in mattinata. Devo passare a prenderti in aeroporto?"

"No, vengo in macchina. Ivy mi ha fatto una lista di cose che devo prendere per le feste. Ti va di dirmi che succede tra te e Harlow? A Ivy ho detto che non la faresti mai soffrire di proposito, ma è da anni che non ti cimenti in una relazione seria."

Owen sapeva benissimo com'era finito il mio ultimo rapporto serio. Non ne parlavamo spesso perché in realtà non c'era un granché da dire. La rottura non mi aveva distrutto nel profondo, nonostante a quei tempi avessi amato Cheryl con tutto il mio cuore, o almeno così pensavo. Ma soprattutto, avevo imparato a concentrarmi solo su ciò che davvero era importante. Ovvero, la mia azienda.

Harlow però era riuscita a rovesciare tutto il mio

mondo, portandomi in un universo a parte. Riflettei su come rispondere a Owen, optando infine per la spiegazione più semplice e onesta.

"Harlow è diversa. Prendimi pure in giro, ma da lei voglio di più. Però non so se ricambia ciò che provo." Il silenzio di Owen fu la prova di quanto dovevo averlo sorpreso. "Ci sei?"

Ridacchiò. "Oh, sì, ci sono. È che proprio non me l'aspettavo. Secondo me non c'è cosa più meravigliosa che trovare la donna giusta. La mia Ivy non la cambierei per niente al mondo. Con Harlow almeno puoi essere certo che non vuole soltanto i tuoi soldi. Quando suo padre l'ha praticamente diseredata, non glien'è importato un fico secco."

Si stava senz'altro riferendo alla mia ex, che ai tempi voleva tutti i miei soldi e li voleva subito. Quando ormai si era resa conto del suo errore, era troppo tardi. Ero davvero grato che mi avesse mostrato la sua natura prima che potessi prendere qualche decisione avventata.

"Lo so. L'ho sempre detto che Howard May è uno stronzo. Tratta di merda persino sua figlia, cristo santo. Non ci posso proprio credere che l'abbia tagliata fuori in quel modo soltanto perché si è rifiutata di lavorare con lui," commentai.

"Sono assolutamente d'accordo."

Feci un bel respiro profondo, pronto ad aprirmi con il mio migliore amico. Non era da me chiedere consigli agli altri, ma in quel caso ne avevo proprio bisogno e sapevo di poter contare su di lui. "Posso farti una domanda?"

"Certo."

"Per caso sai come posso convincere Harlow che vale la pena tentare?"

Owen si fece una risata. "Accidenti. Chi l'avrebbe

mai detto che qualcuno sarebbe venuto a chiedere consigli di coppia proprio a me?"

"Beh, immagina quanto fa strano a me chiedere una cosa del genere."

"Prima di tutto, cos'è che c'è davvero tra di voi? Qualcosa di passeggero o qualcosa di più?"

"Senti, bello, la amo, ok? Ecco cosa c'è."

La mia risposta sconvolse entrambi e seguì una lunga pausa. Certo, l'avevo già capito che Harlow era speciale, ma la semplicità con cui avevo pronunciato quelle parole era sconcertante.

"Cazzo dici? Ok, non fraintendere, ma non pensi di star correndo un po' troppo? Se i miei calcoli sono corretti, vi frequentate giusto da qualche giorno," replicò.

Mi misi subito sulla difensiva. "No, ormai va avanti da più di un anno. Hai presente quando ci avete intrappolati insieme a casa vostra? Beh, diciamo che è successo qualcosa. Sarà stata una notte sola, ma non l'ho mai dimenticata. Sto cominciando a capire perché non riesce a fidarsi facilmente degli altri, ma l'ostacolo principale è questo."

"Accidenti, sei proprio bravo a mantenere i segreti," mormorò Owen. "Secondo me devi dimostrarle che fai sul serio. Non ho chissà quale gran consiglio da darti. Sono convinto che Ivy mi abbia sposato soltanto perché non se l'è sentita di dirmi di no."

Scoppiai a ridere. L'avevo già preso in giro una marea di volte, sempre su quegli stessi termini. "Sarà, però sono piuttosto sicuro che ti ama davvero. Fammi un favore... Chiedi a lei."

La risata di Owen mi risuonò nell'orecchio. "D'accordo. E direi che posso anche assicurarle che non spezzerai il cuore ad Harlow."

"Mai e poi mai."

Capitolo Ventisei

MAX

Quella sera, bevvi un sorso di birra e guardai Harlow, oltre il bancone della cucina. Stava tagliando della cipolla per un soffritto. Se la cavava molto bene in cucina, quindi la domanda mi sorgeva spontanea.

"Dimmi un po', visto che hai seguito tuo padre da un hotel all'altro, quand'è che hai imparato a cucinare?"

I grandi occhi marroni di Harlow incrociarono i miei, velati da una certa tristezza che svanì in un lampo. Sollevò il tagliere e si aiutò con il coltello per versare la cipolla nella padella.

"Prima che mia madre morisse, passavo molto tempo in cucina insieme a lei. Ero ancora molto piccola, quindi non ho imparato un granché, però lei amava cucinare. Quand'ero più grande, una delle mie balie mi aveva comprato un fornetto dotato di fornelli che potevo usare in hotel. Sapeva quanto mi appassionava la cucina, quindi mi ha insegnato qualcosina. Poi ho avuto il mio battesimo di fuoco all'università. Ho dovuto imparare da sola. Se mai riuscirò a costruirmi una casa tutta mia, la stanza più importante sarà sicuramente la cucina. So già come la voglio," disse con una risata, le guance tinte di rosso.

Era terribile pensare a quanto doveva essersi sentita sola da bambina. La mia infanzia era stata l'esatto opposto. I miei genitori avevano sempre ficcato il naso in tutti i miei affari, e durante l'adolescenza erano diventati quasi insopportabili. Mia madre aveva insistito che imparassi a cucinare perché voleva che diventassi un uomo in grado di preparare un buon pasto per me stesso o la persona che amavo. Parole sue, non mie.

Ero pronto a dare ad Harlow tutto ciò che avrebbe mai potuto desiderare. Dunque, dovevo trovare un modo per dare più stabilità al mio stile di vita. Non viaggiavo più come facevo un tempo perché ormai la mia azienda si era affermata nel settore. Comunque, ogni tanto mi capitava ancora. Non sapevo quanto lei fosse legata a Willow Brook, ma avrei fatto qualunque cosa pur di stare con lei.

Giusto a quel proposito, dovevo dirle che il giorno dopo sarei tornato ad Anchorage e che sarei stato via un paio di giorni, ma non sapevo proprio come avrebbe reagito.

"Ehi, domani devo tornare ad Anchorage. C'è stato qualche problema con il personale, quindi mi raggiunge anche Owen."

Harlow si voltò a guardarmi e abbassò il fuoco sotto le cipolle. La sua espressione impassibile non mi piacque. Nonostante avessimo passato giusto pochi giorni insieme, avevo scoperto ben presto che era molto espressiva. Quando abbassava la guardia, diventava un libro aperto, ma se si nascondeva dietro una maschera, ogni emozione svaniva. Avrei voluto fare un bel discorsetto a suo padre e pestare a sangue qualunque uomo l'avesse mai fatta soffrire.

"Ok. Sapevo che prima o poi saresti ripartito," disse infine, il tono controllato.

"Torno tra qualche giorno. Ci puoi contare," replicai, con decisione.

Harlow mi guardò di nuovo e smise per un istante di mescolare, distogliendo lo sguardo un attimo dopo. "Max, sappi che da te non mi aspetto niente."

Oh, col cazzo. *Non* potevo permettere che la conversazione slittasse verso quella direzione. Scivolai giù dallo sgabello e mi avvicinai. Le avvolsi le braccia attorno alla vita e la sentii irrigidirsi nell'abbraccio.

"Harlow. È vero, è stato tutto inaspettato, ma sappi che non me ne vado da nessuna parte. La lontananza geografica non può cambiare ciò che c'è tra di noi. Anchorage è ad appena tre quarti d'ora da qui e il tempo è migliorato molto. Non pensare neanche per un istante che stia fuggendo da te."

Alle mie parole, trattenne il fiato. Mescolò un'ultima volta le cipolle e spense il fornello, per poi poggiare la spatola sul ripiano. Senza girarsi, rimase ferma nel mio abbraccio. Quando sentii un suo respiro tremolante, realizzai che stava piangendo o che era comunque sul punto di farlo.

"Guardami, Harlow," mormorai tra i suoi capelli, sentendo una morsa attorno al cuore.

Avvolse le dita attorno al bordo del bancone, come se avesse bisogno di reggersi a qualcosa. La stretta era tanto forte da sbiancarle le nocche. "Non puoi farlo, Max. Non posso farlo."

Invece di insistere, poggiai il mento sulla sua spalla e continuai ad abbracciarla. Ogni suo respiro tremolante non faceva che stringermi ulteriormente il cuore.

Se qualcuno mi avesse detto che un giorno mi sarei innamorato follemente di Harlow, o di una qualunque donna, al punto tale da metterla in cima alla mia lista di priorità, gli sarei scoppiato a ridere in faccia. Quella singola notte passata insieme più di un anno prima mi aveva terrorizzato. A quei tempi non mi sentivo ancora pronto ad affrontare quell'emozione che soltanto lei era riuscita a risvegliare in me. Mi aveva spinto in un sentiero sconosciuto. Mi aveva aperto gli occhi su tutto ciò di cui mi stavo privando, per cui non pensavo valesse la pena lottare.

Ma ormai avevo abbracciato i miei sentimenti ed ero riuscito ad accantonare tutte quelle argomentazioni logiche e razionali che volevano tenermi lontano da lei. Ero più che pronto a lottare per ciò che condividevamo, per *noi*, per *lei*.

Soltanto il pensiero che stesse soffrendo mi uccideva. C'erano ancora tante cose rimaste non dette e non ero riuscito a mettere insieme tutti i pezzi del suo passato. Sapevo soltanto che aveva perso la madre da molto piccola e che era cresciuta con un padre emotivamente assente che non l'aveva mai supportata.

Conoscendo Howard, sapevo che non sarebbe mai riuscita a lavorare con lui. E quella storia con Cliff, o meglio *il coglione che le aveva spezzato il cuore*, come l'avevo ribattezzato, aveva senz'altro sparso sale sulla ferita rimasta aperta dalla negligenza di suo padre.

Provando a rimettere insieme il puzzle, cominciavo a capire perché fosse così prudente e cauta, ma brancolavo ancora nel buio. Tanto tempo prima, sarei fuggito subito a gambe levate. Ma l'intensità di ciò che provavo per Harlow sovrastava tutto quanto il resto. Mi aveva dimostrato che il vero significato di amore lo si comprendeva soltanto quando c'era qualcosa di molto importante in gioco.

Dovevo procedere con cautela. Fu già una piccola vittoria che non mi avesse spinto via. Quando il suo respiro si calmò, sollevai la testa e inspirai a pieni polmoni. Avevo una mano aperta sulla curva del ventre. Riuscivo a sentire ogni respiro che faceva e il fievole battito del cuore che rimbombava nel corpo.

Sollevai l'altra mano e le spostai i capelli dal viso, stampando un bacio delicato sulla tempia. Alla fine, tutta la tensione che aveva accumulato si sciolse e allentò la presa sul bancone. Soltanto allora, spezzai il silenzio.

"No, questo *noi* non l'avevo pianificato. Se l'anno scorso avessi avuto un po' più di coraggio, non me ne sarei andato." Non mi interruppe, quindi continuai. "Però non preoccuparti, non mi ero inventato una scusa per fuggire. Era spuntata *davvero* una riunione urgente ed era richiesta la mia presenza. Diciamo che in quel momento l'ho trovata la scappatoia perfetta. Magari tu non ti senti ancora pronta ad ammetterlo, ma quella notte ho capito subito che tra di noi non c'era soltanto attrazione sessuale."

Feci una pausa per riflettere su cosa dire. "Sappiamo entrambi che non è così. Non fingerò di averti capita al cento per cento perché ci sono ancora tante cose che non so. Ma forse ho capito perché non vuoi darci una possibilità. O meglio, perché non riesci a darla a *te stessa*."

Rimasi in attesa di una risposta, cercando di anticiparla in base alle reazioni del suo corpo. "Non vado da nessuna parte, Harlow. Non mi arrendo mai. E non lo farò neanche questa volta."

Finalmente, si girò tra le mie braccia. Aveva le guance rigate di lacrime e gli occhi lucidi. Il suo sguardo triste e vulnerabile mi distrusse. Chiuse gli occhi, come per proteggersi dal mondo esterno.

"Max, non puoi sapere come andrà a finire. Ormai mi sento già spacciata. Non vivi neanche qui. È come se... non lo so, come se questo fosse soltanto uno spin-off della tua vita reale. Non..."

Una fitta di rabbia mi pervase. Non verso di lei, ma verso gli eventi e le persone nella sua vita che l'avevano costretta a rinchiudersi in se stessa a quel modo. Era come se pensasse di non potersi permettere di credere in qualcosa. Quando scossi con decisione la testa, si fermò.

"Non conta nulla, e lo sai. Posso gestire la mia azienda dove mi pare. Insomma, pure il mio migliore amico si è trasferito qui in Alaska nonostante il suo lavoro, quindi perché non potrei farlo pure io? I dettagli sono di poco conto. Troveremo una soluzione per tutto."

Travolto dall'emozione, chinai la testa perché sapevo che le parole non sarebbero bastate. Posai le labbra sulle sue e riversai tutto ciò che provavo in un bacio. Prendendole il viso tra le mani, invasi la sua bocca calda e dolce con la lingua, gemendo quando trovai la sua. Con un sussulto, si premette a me e ricambiò il bacio con altrettanto ardore e passione.

Un gridolino soffocato le sfuggì quando sollevai la testa. Un'altra lacrima le scivolò sulla guancia e l'asciugai col pollice, senza mai distogliere lo sguardo dal suo.

C'erano ancora tante cose che non sapevo, ma una in particolare la sapevo con assoluta certezza. Mi ero innamorato di Harlow e avrei lottato per lei.

"Ti amo, lo sai?"

Sbarrò gli occhi, lo sguardo terrorizzato. Scosse la testa con fervore e le mancò il fiato. "Non puoi saperlo davvero, Max. È ancora troppo presto."

"Invece so benissimo quello che provo e so che sei la donna giusta. Ti chiedo di fidarti di me."

Appena dopo averle detto quelle due parole così

dense di significato, mi resi conto dell'errore madornale che avevo commesso. Per esperienza personale, aveva tutti i più buoni motivi per non fidarsi degli uomini.

Rimasi sorpreso quando non si mosse, reggendo il mio sguardo. Quanto avrei voluto intrufolarmi nella sua mente per cancellare ogni minimo dubbio. Rimasi col fiato sospeso, finché non sollevò la mano e me la poggiò sul cuore.

"Secondo me nella tua testa è soltanto sesso, Max. Stai confondendo il desiderio con l'amore. Domani va' ad Anchorage."

Capitolo Ventisette

HARLOW

Guardai Maisie, seduta dall'altra parte del tavolo col suo piccolo Max in braccio. Era un bambino davvero adorabile, con i ricciolini scuri della madre e la risata facile. Mi si strinse il cuore e distolsi lo sguardo. La sua presenza era un brutto doppio colpo. Non solo per via del nome, ma mi ricordava anche il figlio che avevo perso.

"Ho messo su dieci chili," annunciò Lucy, lasciando una carta sul tavolo.

Susannah, seduta di fronte a lei, scoppiò a ridere e scosse la testa.

"Beh, io durante la gravidanza ne ho presi venti. Quindi se ti sei fermata qui, ritieniti fortunata."

Lucy alzò gli occhi al cielo e bevve un sorso d'acqua. La serata di carte tra donne si stava svolgendo a casa di Maisie e Beck, ed ero stata invitata pure io. Lui era fuori con gli altri ragazzi, mentre la piccola Carol dormiva nella culla al piano di sopra. Maisie aveva un baby monitor comodissimo che teneva al centro del tavolo. Per il momento, avevamo sentito giusto il respiro regolare della bimba e qualche versetto.

Il piccolo Max, invece, non si era addormentato tanto facilmente, anche se finalmente non riusciva più a tenere gli occhi aperti. Nel frattempo, io stavo cercando di ricordare a me stessa che non potevo desiderare di avere dei figli miei ogni volta che vedevo un bambino piccolo.

Ma in fondo era una reazione abbastanza normale, dopo un aborto spontaneo. Però ancora non ero riuscita a liberarmene. Pensavo mi fosse passata, ma a quanto pare mi sbagliavo. Durante l'ultima *deliziosa* visita dalla ginecologa, mi aveva delicatamente fatto notare che stavo raggiungendo quell'età in cui il mio corpo avrebbe cominciato ad avere determinate "aspettative biologiche".

Mi pareva un termine un po' arido e impersonale per spiegare il tumulto emotivo che stavo affrontando, ma lasciai correre.

Probabilmente si riferiva al famoso orologio biologico. Ma comunque, non le avevo chiesto delucidazioni. Sospettavo fosse Max ad aver risvegliato in me determinate emozioni, non i bambini. Era successa la stessa cosa anche l'anno prima, dopo la nostra infelice avventura di una notte. Col tempo, l'istinto materno e il desiderio di innamorarmi e trovare qualcuno che mi amasse erano svaniti.

"E come faccio a prendere venti chili? Non posso!" replicò Lucy. "Diventerei grossa come una casa."

Susannah si strinse nelle spalle. "Io mi sentivo più una balena, sai."

Maisie rise e si alzò, sistemando il piccolo che si era addormentato tra le sue braccia. "Secondo me è più come un pallone da spiaggia, di quelli che esplodono. Magari il parto fosse così semplice."

Amelia poggiò i gomiti sul tavolo e si voltò a guardare il gruppo. Ero curiosa di sapere perché lei non avesse ancora figli, ma poi la sua affermazione mi lasciò di stucco. "Beh, mi pare il momento giusto."

"Per cosa?" domandò Ella, prendendo una *tortilla* dalla ciotola in mezzo al tavolo.

"Sono incinta."

La reazione di tutte quante fu immediata e simultanea.

"Cosa?!"

"Oh, mio Dio, che notizia fantastica!"

"Quando l'hai scoperto?"

"L'avevate programmato o è stato un incidente?" chiese Lucy con un sorriso, ponendo fine alla breve cacofonia.

Amelia alzò gli occhi al cielo. "Programmato, ma tu lo sapevi già, quindi vedi di piantarla."

Lucy fece spallucce e sorrise di nuovo. "Perché non li prendi *tu* venti chili? Io mi accontento di dieci. Sei molto alta, quindi secondo me non si noterà neanche."

La conversazione proseguì tutto intorno a me, tra gioie e difficoltà della gravidanza. Nel frattempo, un senso di malinconia mi assalì.

Quando me ne andai poco più tardi, mi era venuta voglia di chiamare Ivy, però alla fine non lo feci. Si svegliava e andava anche a letto molto presto. Non era particolarmente tardi, ma non volevo rischiare di svegliarla.

Alla guida del mio pick-up, nella serata gelida e sotto il meraviglioso cielo stellato, mi domandai se un giorno anche io avrei mai trovato ciò che avevano le mie nuove amiche. Vite caotiche e piene d'amore.

Le parole di Max continuavano a risuonarmi a ripetizione nelle orecchie, proprio come un giradischi. In quel momento, la puntina era caduta sul disco e la mia mente aveva cominciato a seguire le scanalature.

Max mi stava insegnando una lezione inaspettata,

qualcosa che non avevo mai sperimentato in vita mia. Avevo sempre cercato l'amore, per così tanto tempo. Ciò che mi aveva detto prima di partire, ovvero che voleva lottare per noi, che non se l'aspettava, che valeva la pena tentare, si era stampato a fuoco nel mio cuore. Un tempo avrei venduto l'anima per sentirmi dire quelle stesse parole. Eppure, con il senno di poi sapevo che probabilmente non ci avrei creduto davvero.

Non riponevo la minima fiducia nel fato. Ero certa che nessuno avrebbe mai potuto amarmi. Max era riuscito a dirmi tutte le cose giuste e non mi era rimasto altro che piangere. Stavo soltanto aspettando che aprisse gli occhi e si rendesse conto di essere pazzo.

Ivy ti ha detto di dargli una chance, ma non lo stai facendo. Non dai mai una chance a nessuno.

Ogni volta che la mia mente poteva permettersi distrazioni, ritornava a rimuginare su quello stesso argomento. Max era partito qualche giorno prima e avevo completamente ignorato qualunque suo messaggio o telefonata. Era più facile cancellarlo dalla mia vita in quel modo, piuttosto che dovergli leggere in faccia il momento stesso in cui avrebbe realizzato che stava soltanto confondendo il desiderio con l'amore.

La neve scricchiolò sotto gli pneumatici quando svoltai nel vialetto. Spensi il motore davanti a casa e venni avvolta da un silenzio quasi tombale. Scesi dall'auto e il tonfo della portiera riecheggiò nella notte serena. Salii sui gradini, i passi attutiti dalla neve, e roteai lentamente su me stessa. Magari non era vero, ma in Alaska le stelle mi sembravano molto più vicine, come se potessi toccarle sollevando la mano. Nelle gelide notti invernali, brillavano luminose come diamanti che costellavano il cielo.

Con la coda dell'occhio vidi un bagliore verde in lontananza. Ogni tanto l'aurora boreale faceva la sua comparsa, una coperta traslucida che squarciava il cielo. Striature di verde scuro e chiaro illuminavano il cielo, scintillanti. Mi si strinse il cuore e trattenni il respiro. La natura, nella sua bellezza mozzafiato, ti ricordava quanto insulsi fossero gli esseri umani nel grande schema delle cose.

Presi una boccata di aria fresca e gelata per purificare i polmoni, creando una nuvoletta di condensa quando espirai. Dopo un'ultima occhiata alle stelle e al cielo, proprio quando un corvo lanciò un grido nell'oscurità, mi voltai ed entrai in casa. Calciai via gli stivali e appesi il cappotto accanto alla porta. Un paio di giorni prima, in preda a una botta di energia, avevo montato l'albero di Natale. Non mi andava di tagliare un albero, quindi avevo preso un piccolo abete che avrei piantato la primavera successiva. Brillanti lucine blu erano appese ai rami, mentre una grossa stella adornava la punta.

Non avevo piani per Natale, ma il giorno prima Ivy mi aveva invitata a Diamond Creek. Ancora non avevo deciso, ma probabilmente ci sarei andata perché non volevo passarlo da sola.

Accesi il fuoco nella stufa a legna e poi accesi la televisione, per distrarmi con qualche programma stupido. Ma quel disco che avevo nella testa non si era ancora fermato e continuavo a rivivere le parole di Max e la reazione che avevo avuto.

Capitolo Ventotto

MAX

"Che gran stronzata," commentai, guardando Owen dall'altra parte del tavolo.

Il mio migliore amico annuì e si poggiò allo schienale della sedia. "Assolutamente. Siamo riusciti a bloccare tutto, ma adesso dobbiamo decidere come procedere."

Ci trovavamo alla sede della piccola azienda di ingegneria che avevamo acquistato da poco, in sala riunioni. Un capo ingegnere aveva praticamente provato a rubare diversi design primari brevettati e l'avevamo scoperto tramite un software di monitoraggio interno. Inoltre, l'altro capo ingegnere ci aveva scritto un'e-mail a riguardo.

Si trattava di un team forte e competente, pieno di eccellenze. Avevano svolto un lavoro superbo per l'azienda. Capivo benissimo il desiderio di volersi appropriare del proprio lavoro. Tuttavia, quel tipo stava ignorando un piccolo particolare, ovvero che le sue ricerche e il suo tempo erano stati pagati e sostenuti dal lavoro di altri ingegneri. I brevetti erano proprietà dell'azienda. Proprio non voleva capire che se non l'avessimo acquistato noi si sarebbe ritrovato in una posizione ben peggiore e i brevetti sarebbero stati rivenduti a causa della bancarotta.

Con l'acquisto, invece, gli avevamo offerto lo stesso identico ruolo con uno stipendio perfino maggiore. Ma ormai eravamo costretti a licenziarlo.

"Oggi gli parliamo per spiegargli quali opzioni abbiamo davanti," dissi.

Owen annuì. "Non c'è bisogno di prendere provvedimenti disciplinari. Possiamo offrirgli la strada più semplice, ovvero andarsene e lasciarsi tutto alle spalle. Se proprio insiste per rimanere, deve presentarci delle garanzie convincenti."

"Sicuro di volergli dare un'altra possibilità? Sempre che voglia rimanere, dico."

Owen tamburellò le dita sul tavolo, con un'alzata di spalle. "Non lo so, in realtà. Però ha senz'altro un grande talento. Il suo lavoro parla da sé. Credo abbia semplicemente avuto una sbandata. Si è fissato con quest'idea che quei design gli appartengono perché ha contribuito a realizzarli."

Scossi la testa, ridacchiando. "Immagino sia stata Ivy a insistere, giusto?"

Owen gettò indietro la testa con una sonora risata. "Certo che sì. La conosci. Si concentra soltanto sulle abilità pratiche. Il tipo lo sapeva benissimo che avevamo installato quel sistema di monitoraggio, eppure ha fatto comunque questa stronzata. A detta di Ivy, significa soltanto che tiene molto al suo lavoro."

Bevvi un sorso di caffè, alzando gli occhi al cielo. "Bah, non ha tutti i torti, dai. Parliamogli e vediamo che succede."

Fu un pomeriggio bello pieno. Prima di partire per Willow Brook, avevo già avviato la procedura per modificare le insegne dell'edificio e così via. Gli operai si erano messi all'opera proprio quel giorno. Avevamo deciso di usare il nome dell'azienda di Owen sull'ufficio, il sito eccetera. Dato che la sede sarebbe rimasta ad Anchorage, aveva più senso utilizzarne uno più conosciuto in Alaska. La mia, invece, sarebbe risultata come proprietario principale soltanto sui documenti legali, nonostante io e lui ci dividessimo equamente la gestione.

I brevetti che avevano causato quella baraonda erano molto preziosi. Si riferivano alla durata delle batterie delle celle a combustibile, con alcuni metodi molto efficaci per catturare la potenza del vento. Li volevamo e li avremmo senz'altro utilizzati. A differenza dei precedenti proprietari, io e Owen avevamo le risorse necessarie per metterli sul mercato molto prima rispetto a loro.

Con tutti quegli operai che cambiavano loghi e insegne in giro per l'edificio, perfino il personale amministrativo era teso come una corda di violino. Mi domandavo quante volte la direzione nascondesse i problemi finanziari dell'azienda ai propri dipendenti, soprattutto nei periodi antecedenti al collasso. Nel caso di quella società in particolare, qualche indizio l'avevano dato, ma nessuno sapeva che avrebbero rischiato di finire in bancarotta nel giro di giusto qualche mese. Non erano riusciti a trovare una via d'uscita. Detto ciò, negli anni avevo imparato che, negli affari, la gente difficilmente riusciva ad accettare la realtà. Non perché fossero degli stolti, ma perché speravano sempre per il meglio pure quando era ormai tutto inutile.

Spesso, quando le aziende venivano osannate dalla stampa, i dettagli essenziali venivano tralasciati. La logistica più arida e noiosa associata alla contabilità e alla pianificazione a lungo termine non era abbastanza accattivante per gli articoli sulle startup emergenti. Con il boom delle energie rinnovabili, più a livello sociale che politico, le aziende più innovative del settore venivano menzionate spesso dalla stampa. Lo stato dell'attività, o comunque ciò che non riguardava i progetti più di spicco, veniva ben spesso ignorato.

In breve, la maggior parte dei dipendenti della nostra nuova azienda non aveva idea di quanto disperata fosse la situazione prima che entrassimo in gioco noi. Quando avevo informato la receptionist del precedente AD, diventata ormai la mia receptionist, che volevo parlare con l'ingegnere che aveva provato a rubare quei design, temevo quasi che le sarebbero schizzate le sopracciglia fuori dalla testa.

Owen stava parlando al telefono in sala riunioni, quindi mi fermai a chiacchierare con lei per calmarle i nervi. Mi poggiai alla scrivania e la guardai.

"Ehi, Harriet. Giuro che non devi preoccuparti per il tuo lavoro. Non ci sarà nessun taglio di personale, potete stare tutti tranquilli. Io e Owen sappiamo che le transizioni come questa possono essere complicate. Mi dispiace, davvero. Ero convinto che i vecchi proprietari vi avessero dato un resoconto più dettagliato sulla situazione finanziaria dell'azienda. Era terribile, davvero. Sarebbe finita in bancarotta nel giro di pochi mesi. L'unico modo per uscirne era vendendo tutto."

Harriet, un'impiegata seria e più che competente, mi guardò senza dire nulla. La sua espressione pareva già più rilassata, quindi lo presi come un buon segno. Con i riccioli corti castani e gentili occhi azzurri, emanava un'aria calorosa e comprensiva. Ero certo che tutti i vari pettegolezzi e opinioni associati alla vendita dell'azienda l'avessero scossa particolarmente. Coincidenza o meno, in casi come quello il personale amministrativo come lei finiva spesso e volentieri nell'occhio del ciclone. Ero pronto a scommettere che alcuni dipendenti erano convinti che lei sapeva sin dal principio cosa sarebbe successo, che fosse vero o no.

Un momento dopo, annuì lentamente. "C'è un po' di tensione nell'aria. Ma in generale, avete fatto subito una buona impressione. Bill è rimasto particolarmente frustrato dalla situazione. Sotto gli ex dirigenti aveva ampio margine d'azione e magari ha paura di perdere tutta quella flessibilità. Io non ero al corrente di tutto quanto, ma sapevo almeno che l'azienda avesse problemi economici. Se posso fare qualcosa per placare le acque, contate pure su di me."

Fui quasi tentato di offrirle un aumento, così su due piedi. Negli anni avevo imparato quanto fosse difficile, se non addirittura impossibile, inculcare nel personale rispetto ed etica. Harriet eccelleva in entrambi. Ma comunque, non era il momento appropriato per offrire aumenti a destra e manca. L'avrei comunque messo in cima alla lista di cose da fare dopo aver risolto tutti i problemi.

Mi spinsi via dalla scrivania e annuii. "Lo apprezzo molto. Basta che continui così, davvero. Riusciremo a superare questi ostacoli e la transizione avrà successo. Posso assicurarti che non avremo più problemi economici. Se abbiamo acquistato l'azienda è soltanto perché siamo certi che riusciremo a stabilizzare la situazione. Nel frattempo, ti chiedo il favore di chiamare Bill e dirgli che lo aspetto in sala riunioni insieme a Owen."

Harriet mi sorrise. "Certamente. Glielo comunico subito."

Quella sera, mi abbandonai sulla sedia dello stesso bar in cui avevo visto Harlow neanche una settimana prima. Ero rimasto in sede con Owen fino a tardi a riesaminare informazioni finanziarie e sul personale, per poi effettuare un'analisi più approfondita dei progetti correnti.

Grazie al cielo che il lavoro mi aveva tenuto occupato tutto il giorno, perché *non* sopportavo l'idea di aver lasciato Harlow per tornare fino in città. In quei giorni aveva ignorato tutti i miei messaggi e le telefonate, quindi ero frustrato da morire. Non sapevo più che pesci prendere. Ero tentato di fiondarmi a Willow Brook e obbligarla a parlarmi. Ma dentro di me sapevo che un approccio del genere non sarebbe servito a nulla, se non a peggiorare la situazione.

Owen stava parlando al telefono con Ivy e nell'attesa mi stavo guardando in giro. Decorazioni natalizie creavano un'atmosfera festiva, con lucine appese attorno al bancone e un piccolo alberello appollaiato su un tavolo, in un angolino. Mia madre mi aveva telefonato proprio quel giorno per chiedermi se sarei tornato a casa per le feste. Un tempo le avrei chiesto quale giorno le sarebbe andato bene per poi far coincidere tutti gli impegni. Per quanto Ivy si divertisse a prendermi in giro perché lavoravo troppo e anche durante le ferie, in realtà negli ultimi anni il mio stacanovismo non era più così tanto estremo. Grazie al successo della mia azienda, potevo organizzarmi un po' come mi pareva.

Tuttavia, prima di tornare a casa e lasciare l'Alaska volevo risolvere la questione con Harlow. Ero determinato a portarla con me. Non riuscivo neanche a sopportare l'idea che potesse passare le feste da sola.

"Se va tutto bene, dovrei tornare domani o massimo dopodomani," disse Owen, fermandosi per poi lanciarmi un'occhiata mentre gli parlava Ivy. "Certamente, glielo dico subito. Ciao, ti amo."

Chiuse la telefonata e poggiò il telefono sul tavolo. Bevvi un sorso di whisky e lo guardai. "Cos'è che devi dirmi?" gli chiesi, facendogli l'occhiolino.

Owen ridacchiò e bevve anche lui prima di rispondere. "Le farebbe tanto piacere se passassi il Natale con noi a Diamond Creek. Se non devi tornare a casa, ovviamente."

"Deve mettersi in fila dietro mia madre, allora."

"Quindi torni in Pennsylvania?"

Mi strinsi nelle spalle. "Ancora non lo so. Ai miei farebbe molto piacere. Comunque, se non vado per Natale voglio andarli a trovare il mese prossimo."

"E se non vai da loro, allora che fai per Natale? Non per ficcare il naso, sia chiaro. Sto solo anticipando le domande di Ivy e voglio essere preparato."

Scolai il resto del whisky e lasciai il bicchiere sul tavolo, con una risata. "Beh, allora puoi dirle che spero di passarlo con Harlow, ovunque capiti. Solo che continua a non rispondermi al telefono."

"Come mai?"

Ancora a lui non gliene avevo parlato, ma ormai la sua evasione mi stava tormentando da giorni e avevo bisogno di un punto di vista esterno. "Mi sta ignorando da giorni. Non risponde né ai messaggi né alle chiamate. Sono tentato di presentarmi a casa sua senza preavviso, ma non credo apprezzerebbe molto."

Owen inarcò un sopracciglio, lo sguardo pensieroso. "So che Ivy l'ha invitata a Diamond Creek. Da noi ci saranno già i miei suoceri, quindi se viene anche lei dovrà stare al lodge."

Vidi la cameriera che portava i piatti a un tavolo poco distante, quindi incrociai il suo sguardo e si avvicinò. Ordinai un altro bicchiere, perché avevo bisogno di calmare i nervi. Soltanto Harlow riusciva a scuotermi così profondamente. Odiavo sentirmi così poco in controllo.

In realtà non stava facendo proprio niente, ma quel niente mi stava sconvolgendo la vita. Mi sentivo assolutamente impotente.

Mi voltai verso Owen, che mi guardava con aria preoccupata. "Sei proprio conciato male."

"Nessuno mi aveva mai ignorato in questo modo," dissi piattamente.

"Non penso sia quello il problema, sai?"

"Oh? E quale sarebbe, allora? Sentiamo," replicai, in tono spinoso.

Owen scosse lentamente la testa. "Non sai più che accidenti fare con Harlow. Siamo molto simili, quindi per me è palese. Ti piace avere tutto sotto controllo, avere le redini della situazione. C'è un motivo se hai così tanto successo negli affari. Le relazioni però sono un mondo a parte. Ci sono tanti fattori fuori dal tuo controllo."

"Ma va, non lo sapevo," mormorai, fulminandolo con lo sguardo.

Capitolo Ventinove

HARLOW

Le fiamme brillavano alte nel cielo buio. In piedi accanto a Susannah, guardavo il tetto della casa che crollava. Quella sera, entrambe le nostre squadre avevano risposto all'emergenza. Aveva preso fuoco una villetta diroccata, nei dintorni di Willow Brook. Era ancora presto per dirlo, ma era molto probabile che l'incendio fosse partito dalla stufa a legna. Secondo me, i proprietari non si erano presi la briga di pulire la canna fumaria prima dell'arrivo dell'inverno. Succedeva fin troppo spesso.

Il fuoco si era propagato molto in fretta perché c'erano alcuni fabbricati molto vicini alla casa. I proprietari avrebbero perso tutto quanto. Potevo soltanto sperare che avessero una buona assicurazione. Comunque, per fortuna tutti erano riusciti a mettersi in salvo.

Mi voltai verso Susannah e sospirai profondamente. "Grazie al cielo che non si è fatto male nessuno."

Susannah annuì, poggiandosi una mano sul fianco e sollevando l'altra per togliersi l'elmetto. "Già. Quando ho sentito il pianto del bambino..." le parole le morirono in gola.

L'immagine mi provocò una fitta d'ansia. Avevamo senz'altro provato tutti quanti la stessa cosa quando ci eravamo resi conto che i due genitori e il loro bimbo di un mese erano rimasti intrappolati al piano di sopra, con la scalinata avvolta dalle fiamme.

Ward si avvicinò e si fermò accanto a Susannah. "L'incendio è sotto controllo, quindi potete andare. Resta giusto qualcuno finché non si spegne completamente e non c'è più pericolo. Passi dai tuoi a prendere Wayne, mentre torni a casa?"

Susannah raddrizzò la schiena e mi lanciò un'occhiata, scuotendo la testa, per poi riportare lo sguardo su di lui. "So che non ti piace quando passa la notte lontano da noi. Sto male anche io, ma è meglio lasciarlo dormire. Ormai si sarà addormentato ore fa."

Ward non sembrava affatto soddisfatto dalla risposta. Aprì la bocca per dire qualcosa, ma la richiuse e si fece una risata. "Odio quando siamo in servizio entrambi."

Susannah gli passò un braccio intorno alla vita e Ward le stampò un bacio tra i capelli spettinati. "Pure io, ma comunque succede molto raramente, neanche un paio di volte all'anno. Se ho capito bene, tu resti qui, giusto?"

Ward annuì. "Esatto. Tu torna pure a casa. Ci vediamo domattina."

Nonostante lei avesse il viso sporco di fuliggine e indossasse l'attrezzatura pesante, Ward la guardava con un'intensità talmente intima che dovetti distogliere lo sguardo.

Tornate alla stazione, mi ritrovai nel piccolo spogliatoio femminile insieme a Susannah, dopo la doccia. Guardandomi, domandò, "Tutto bene?"

Sollevai lo sguardo e incrociai i suoi occhi azzurri, inquieti. "Sì, sto..." cominciai, rispondendo meccanicamente.

Però mi bloccai, perché in realtà non stavo affatto bene. Mi mancava Max e lo stavo ignorando. Di proposito. Mancava una settimana a Natale e, per quanto provassi a sopprimere le mie emozioni, ogni anno le feste mi portavano tanta sofferenza. Ma con una vita come la mia, era normale. Non avendo una famiglia con cui celebrarle, mi sentivo ancora più sola del solito.

Susannah era una mia amica e si stava soltanto preoccupando per me. Tralasciando il periodo dell'anno, non sapevo più cosa fare con Max. Nonostante continuassi a ignorarlo, mi ero praticamente convinta che avrebbe continuato a scrivermi tutti i giorni. E invece, si era fermato. Temevo che avesse finalmente deciso di fare ciò che il mio cervello pensava fosse la soluzione migliore per entrambi, ovvero lasciarmi perdere.

"No, in realtà no. Non sto affatto bene. Non mi piacciono molto le feste e per di più c'è in mezzo anche tutto il casino con Max. Pretendo sempre troppo dagli uomini, quindi ho preferito alzare dei paletti. Però mi manca tanto."

Avevo come il presentimento che il destino continuasse a sbattermi in faccia tutti i miei sogni e le mie ambizioni. L'incendio di quella sera non era nulla fuori dall'ordinario. Era raro che gli edifici venissero rasi completamente al suolo, ma faceva comunque parte del mio lavoro.

Quella sera, ero salita io sulla scala per tirare fuori la famiglia. Piccolina com'ero, perfino con la divisa addosso mi veniva più facile entrare e uscire dalle finestre, rispetto a molti dei ragazzi. Per fortuna, ne eravamo usciti tutti sani e salvi. Però il mio cuore, vulnerabile e delicato, era stato messo a dura prova davanti all'amore così puro che condividevano quella coppia e i loro bambini. Come succedeva spesso, un'esperienza così traumatica rimetteva tutto in prospettiva. Qualunque barriera veniva arsa dalle fiamme, liberando tutti quei sentimenti che spesso rimanevano celati sotto la superficie.

Nel caso di quella famiglia così giovane, ciò che venne fuori fu un amore infinito e l'angoscia di poter perdere qualcuno. Sentimenti così puri e tanto profondi come un fiume, che non sentivo di meritare nella mia vita. Aggiungendo all'equazione anche il bambino che avevo perso e il senso di vuoto senza Max, ero letteralmente a pezzi.

Quando ritrovai gli occhi calorosi e comprensivi di Susannah, scoppiai a piangere. Mi strinsi l'asciugamano attorno al corpo e mi abbandonai sulla panca, affondando il viso tra le mani. Un attimo dopo si sedette al mio fianco e, delicatamente, mi passò un braccio sulle spalle.

Senza dire nulla, rimase in attesa mentre sfogavo tutte le mie emozioni. Qualche minuto dopo, sollevai la testa e mi asciugai le lacrime dagli occhi.

"Sto di merda," mormorai.

Mi strinse dolcemente e si alzò in piedi, avvicinandosi a un bancone sul retro della stanza. Prese una confezione di fazzoletti e me la portò, sedendosi davanti a me mentre mi soffiavo il naso.

"Ok, quindi mi pare di aver capito che Max sia molto importante per te. Cos'hai intenzione di fare?" mi chiese.

Col fazzoletto appallottolato nella mano, la guardai dritta negli occhi. "Il problema è proprio quello. Non lo so."

Rifletté per qualche secondo prima di replicare. "Ne avete parlato?"

Ripensai subito a tutte quelle cose perfette che mi aveva detto Max la sera prima di partire, prima che cominciassi a ignorarlo. Annuii alla domanda di Susannah, perché non sarebbe stato giusto nei confronti di Max mentirle. "Sì, ne abbiamo parlato. Lui insiste perché gli dia una chance. Però ho paura che stiamo correndo troppo e che non sappia ancora cosa vuole davvero."

Susannah inclinò la testa di lato. "Non so se sei semplicemente bravissima a mantenere i segreti, ma non mi pare che tu abbia frequentato qualcuno da quando vivi qui. C'è un motivo, per caso?"

Annuii di nuovo, tirando su col naso mentre mi asciugavo un'altra lacrima. "Non ho avuto belle esperienze con gli uomini. Riesco sempre a trovare i tipi meno interessati alle relazioni serie, ma continuo a illudermi di poterli cambiare. La mia ultima relazione è finita quando ho perso il bambino."

"Oh."

Probabilmente non sapeva cosa dire o aveva paura di dire la cosa sbagliata. Ne avevamo già parlato, ma restava comunque un argomento molto delicato. "Tranquilla, quel tipo ormai l'ho dimenticato da tempo. Era un vero coglione. La parte peggiore è stata l'aborto spontaneo."

"Senti, sarò onesta. Secondo me non saresti così turbata se Max fosse soltanto un uomo a caso per cui non ne varrebbe la pena. Se ti ha chiesto di dargli una possibilità, allora secondo me dovresti farlo. Perché no? Cos'hai da perdere?"

"Ehm, la salute mentale."

Susanna rise. "Ok, hai ragione. Ma tanto sei già in condizioni pietose. Dammi retta, se siete fatti l'uno per l'altra, allora ne vale la pena. E c'è soltanto un modo per scoprirlo."

Ovviamente non sapeva nulla della conversazione tra me e Ivy, ma mi stava dicendo praticamente le stesse cose. Se voglio trovare l'uomo giusto, devo dare almeno una chance agli uomini. Con un bel respiro profondo, mi alzai e cominciai a infilarmi i jeans. Finimmo di vestirci in silenzio e ne approfittai per rimuginare sulle sue parole.

"Devo solo capire cosa fare, immagino," dissi poi, chiudendo l'armadietto.

Si voltò a guardarmi e lanciò l'asciugamano che aveva in testa nella cesta dell'angolo. "Per me bisogna sempre essere diretti, rende tutto più facile."

Ridacchiai. "Non hai tutti i torti."

Mentre mi infilavo il cappotto, mi rivolse un'altra domanda. "Ward mi stava dicendo che un tizio ha fatto domanda per unirsi a una squadra l'estate prossima. A quanto pare lavoravate insieme. Per caso lo conosci?"

Oh, ma che tempismo. Voleva che fossi più diretta, no? "Sì. È l'ultimo ragazzo che ho frequentato. Sono rimasta incinta anche se prendevo la pillola. Il resto te l'ho già raccontato. Forse però non sai che nel frattempo si scopava altre due colleghe. Pensavo di spiegare la situazione anche a Ward, ma forse non è il caso."

Susannah strinse gli occhi e si posò una mano sul fianco. "Eccome se è il caso! Certo, è un problema personale, ma sai benissimo che la fiducia è un elemento fondamentale in una squadra di hotshot. Non abbiamo bisogno di un compagno che fa stronzate del genere. Se non ne parli tu con Ward, allora lo faccio io."

Doveva aver letto la mia sorpresa sul viso, perché

continuò, "No, sul serio, che pezzo di merda. Decidi tu chi glielo dice a Ward, ma non può non saperlo."

"Ci penso io. Non stasera, ovviamente. Lo cerco domani."

Uscimmo insieme dalla caserma, nella gelida oscurità. Ci fermammo dietro il mio pick-up e Susannah mi lanciò un'ultima occhiata. "Non lasciarti sfuggire quest'occasione."

Capitolo Trenta

MAX

Ormai non ne potevo più di aspettare. Ancora non sapevo cosa fare con Harlow, ma avevo deciso di buttarmi comunque. Owen era rimasto ad Anchorage, quindi mi ero messo in strada verso Willow Brook.

Il cielo era limpido e le strade praticamente pulite. Avrei affrontato anche una bufera di neve pur di raggiungerla, ma il tempo era dalla mia parte. Minuti dopo, raggiunsi Willow Brook e attraversai il paese per raggiungere casa sua. Non trovandola presente, feci subito marcia indietro.

Arrivai al parcheggio posteriore della caserma e tirai un sospiro di sollievo quando vidi il suo pick-up. Per non prendermi troppe libertà, parcheggiai davanti all'ingresso. Varcai la soglia e ci rimasi assolutamente di stucco quando mi trovai di fronte suo padre.

Howard May era un uomo alto e imponente. Aveva i capelli grigi e i lineamenti stoici. Era seduto su una sedia, con aria impaziente, e all'inizio non mi notò neanche. Sollevò lo sguardo verso Maisie, che stava parlando al telefono. "Scusa, eh, ma sto aspettando da dieci minuti," le disse aspramente.

"Cristo santo, Howard, è una centralinista. Magari pensi di essere tanto importante, ma in questo momento potrebbe esserci in ballo la vita di qualcuno," commentai, senza riuscire a trattenermi.

Lo sguardo di Howard schizzò verso di me e si alzò in piedi. "E tu che diamine ci fai qui, Max?"

Non mi sembrava il caso di dirgli la verità, ma prima che potessi rispondergli si aprì la porta che dava sul retro, da cui emerse Harlow. Dall'espressione che aveva sul volto, sicuramente Maisie l'aveva già avvisata della presenza di suo padre. Aveva il viso tirato e le guance in fiamme, rigida come una tavola. Il suo sguardo si spostò su noi due e sbarrò gli occhi quando mi vide.

Mi ritrovai di nuovo spaesato e non sapevo più che fare. Ovviamente non mi aspettavo di trovare anche suo padre.

Howard la guardò e sbottò. "Finalmente, porca miseria. Mi hai fatto aspettare quasi un quarto d'ora."

"Ero impegnata, papà. Per te questo lavoro non vale nulla, ma per me è molto importante," rispose lei aspramente. "Che ci fai qui?"

"Non stavi rispondendo al telefono. È quasi Natale e volevo sapere quali fossero i tuoi piani. I genitori di tua madre mi hanno fatto sapere che vorrebbero vederti."

Una miriade di emozioni le passò sul volto e la vidi in difficoltà. Quando non disse nulla, Howard si rivolse di nuovo a me. "E tu non mi hai risposto. Che diamine ci fai qui?"

Per mia immensa sorpresa, Harlow si fermò al mio fianco. "È qui per vedere me, papà."

Howard ci scrutò con aria assolutamente confusa. Non dissi nulla perché ancora non sapevo cosa avrebbe voluto rivelargli Harlow, ma poi mi prese per mano.

"Ci siamo conosciuti l'anno scorso al matrimonio di Ivy e Owen. Ci frequentiamo."

Il cuore prese a battermi contro le costole. Un'emozione travolgente mi travolse e avrei tanto desiderato non trovarmi di fronte a suo padre. Decisi di darle tutto il mio sostegno e le strinsi dolcemente la mano, sollevato quando ricambiò il gesto.

"Passo il Natale con Ivy e Owen..."

Mi dissociai brevemente dalla conversazione. *Perfetto, allora anche io sarò lì. Dopo ricordati di chiamare a casa per informare i miei.*

La voce di Harlow mi riportò alla realtà. "Glielo dico io alla nonna. Il mio numero ce l'ha, quindi non capisco perché non abbia chiamato direttamente me. E non capisco neanche perché ti sei preso la briga di venire fino a qui, papà. Pensavo che con me avessi chiuso."

L'aria tra i due si caricò di tensione e potevo percepire il suo disagio. Howard l'avevo già visto negoziare, in passato. Se riusciva ad avere così tanto successo negli affari, lo doveva in parte al suo atteggiamento spietato e gelido. Potevo solo immaginare come doveva essere stato avere un padre del genere, quando era più piccola. Nonostante quella non fosse una trattativa di affari, lui affrontava tutto quanto con lo stesso stile.

Suo padre la fissava e poi alzò gli occhi al cielo, infilandosi una mano in tasca. Doveva esserci un motivo ben preciso che aveva spinto un uomo del genere a volare fino in Alaska, per cercare sua figlia in un paesino sperduto nella natura più selvaggia.

"Forse ho esagerato quando ti ho detto quelle parole," replicò infine. Per la prima volta, vidi una punta di vulnerabilità nello stoico Howard. "Se dovessi cambiare idea..."

Harlow lo interruppe. "No, papà, non cambierò idea. Non voglio lavorare per te. Non so cosa farò in futuro, ma di certo non quello."

Howard strinse le labbra e distolse lo sguardo, per poi annuire lentamente. Notai l'espressione preoccupata di Maisie. Ero contento che in quel momento ci fossimo entrambi. Harlow era abituata a fare tutto da sola, ma c'eravamo noi due a darle tutto il supporto di cui potesse aver bisogno.

Howard la guardò di nuovo, per poi spostare lo sguardo su di me. "Max è un brav'uomo."

"Lo so, papà," disse lei, il tono sorpreso. "Non prenderla troppo male, ma l'opinione che puoi avere tu su qualunque uomo entri a far parte della mia vita non rappresenta un punto a loro favore. Max mi ha dimostrato con le azioni di essere un brav'uomo, perché mi ha sempre trattata con rispetto. Ancora non ho capito che ci fai qui, però se hai qualcos'altro da dirmi fammelo sapere. Adesso devo parlare con Max."

Howard la guardò e poi inclinò leggermente la testa. Mi domandai se avesse mai abbracciato sua figlia. In quel momento, non lo fece. Però si avvicinò e le strinse la spalla, quasi a disagio. "D'accordo. Durante le feste mi tocca lavorare, ma per ogni cosa sai come contattarmi."

Fece dunque un passo indietro e ci guardò, l'aria pensierosa. Sebbene non lo conoscessi bene come persona, mi parve un poco ferito dal muro che aveva alzato Harlow tra di loro. Nonostante fosse cresciuta con un padre assente, era comunque tra le persone più incredibili che avessi mai conosciuto. Che avesse preso tutti quei tratti dalla madre o meno, era comunque ben chiaro che Howard non fosse riuscito a cambiarla.

Conoscendolo come uomo d'affari, invece, immaginavo che il loro rapporto non fosse cambiato neanche durante l'età adulta. Le sue esperte tattiche di negoziazione e quella crudeltà tanto utili nel suo lavoro non avrebbero mai conquistato sua figlia.

Provai quasi pena per lui. Dopo un breve silenzio teso, si voltò a guardarmi. "Vedi di trattarla bene, altrimenti dovrai vedertela con me."

Rispose Harlow al posto mio, sbuffando e alzando gli occhi al cielo. "Ma sei serio? Non te n'è mai fregato niente della mia vita sentimentale. Mai una volta ti ho visto interessato," disse, il tono un poco incredulo.

Lo sguardo di Howard schizzò nel suo. "Beh, tu non me ne hai mai parlato a prescindere. So di non essere stato un ottimo padre, ma tengo comunque a te. Per ogni cosa, chiamami," replicò freddamente. Detto ciò, fece per andarsene.

"Howard," lo fermai. Si voltò, un sopracciglio sollevato. "Ti assicuro che la tratterò bene."

Guardò di nuovo prima uno e poi l'altra. Poi, con un leggero cenno del capo, si girò e uscì nel pomeriggio invernale.

Durante la conversazione, Maisie era rimasta in silenzio alla sua scrivania. Harlow incrociò il mio sguardo e poi si voltò verso di lei, con aria confusa. Le strinsi piano la mano e Maisie spezzò il silenzio.

"Allora, tuo padre non lo conosco affatto e non mi ha dato l'impressione di essere una persona molto cordiale e calorosa, però secondo me è andata piuttosto bene, no?"

Harlow mi strinse con forza la mano e si avvicinò al bancone, poggiandoci sopra il gomito. Ero partito a Willow Brook pronto a tutto, ma non mi sarei mai aspettato di trovare anche suo padre. Senza sapere come comportarmi, mi stavo lasciando trascinare da lei.

"No, non lo è affatto," disse con una risata, rispondendo a Maisie.

"Stai bene?" le chiese.

Harlow inclinò la testa di lato e incrociò brevemente il mio sguardo. "Credo di sì. È stata una conversazione un po' surreale, ma non ho mai visto mio padre così tanto gentile." Le sfuggì una risata e scosse lentamente la testa. "È stato proprio strano."

Quando mi guardò, come se cercasse conferma, mi strinsi nelle spalle. "Già, mai avuta una conversazione simile con tuo padre."

Al che, gettò la testa all'indietro e scoppiò a ridere di gusto, e il suono delizioso mi fece vibrare l'anima. Cristo, quella donna aveva su di me un effetto devastante. Quel momento non aveva nulla di sensuale, ma era riuscita ad accedermi un fuoco dentro. Quando stavo con lei, tutto quanto perdeva senso. L'eco della sua risata e la sensazione calda delle nostre dita intrecciate bastarono a risvegliare il desiderio.

Grazie al cielo, qualcuno chiamò la centrale e Maisie ci salutò per rispondere, assumendo un tono serio e professionale.

Harlow indicò la porta sul retro con un cenno del capo. Con tutto quello che avevo da dirle, non me la sentivo di farlo in uno spazio pubblico, quindi la seguii volentieri.

Perché in realtà, l'avrei seguita in capo al mondo.

Capitolo Trentuno

HARLOW

Con la mano calda di Max avvolta attorno alla mia, mentre mi carezzava le nocche col polpastrello ruvido del pollice, mi avviai verso il retro della caserma. Il cuore mi martellava nel petto e sentivo lo stomaco sottosopra, come se mi fossi appena lanciata da un aereo in volo.

Quella giornata era stata una continua sorpresa. Al mio risveglio, avevo trovato un messaggio di Cliff. Assurdo. Come già ribadito, ormai non provavo più alcunché per lui. L'idea che potesse trasferirsi da noi mi aveva demoralizzata, ma ero contenta di avere una persona come Susannah a supportarmi.

Anni prima mi aveva mostrato la sua vera natura, che emerse particolarmente da quel singolo messaggio.

Ciao, spero che non ti dispiaccia mettere una buona parola per me. Mi sto proponendo per una delle posizioni temporanee estive lì da te. La paga è molto buona. Se poi mi piace, magari rimango.

Tutto lì. Non mi disse nient'altro. Neanche si era preso la briga di chiedermi come me la passassi. Non aveva fatto altro che aprirmi ulteriormente gli occhi ai miei errori. Da ragazza ben educata, avevo pure cominciato a scrivergli una risposta. Ma poi una vocina dentro di me mi aveva ricordato che non gli dovevo assolutamente nulla. Invece di rispondere, avevo deciso di ignorarlo e bloccare il suo numero.

Non mi mancava neanche un po'. In confronto a ciò che sentivo per Max, il nostro rapporto era stato assolutamente insulso. Stavo cominciando a vedere tutto quanto sotto una luce diversa.

Arrivata in caserma, mi ero fiondata da Ward per spiegargli la situazione e dissuaderlo dall'assumerlo. Avevo tralasciato tutti i dettagli, dicendogli soltanto che mi aveva tradita con altre colleghe e mi aveva mentito. Ward aveva reagito con una cortesia assoluta, probabilmente perché Susannah gli aveva già accennato qualcosa.

Pochi minuti dopo, Maisie mi aveva informata che all'ingresso c'era mio padre ad aspettarmi. Prima ancora, mi ero ripromessa che avrei finalmente chiamato Max, perché quell'arido messaggio di Cliff aveva puntato i riflettori sui miei sentimenti.

Quando avevo trovato Max insieme a mio padre, un immenso senso di sollievo mi aveva travolta. Senza neanche bisogno di scambiarci alcuna parola, sapevo che mi avrebbe supportata. Avrei pensato a mio padre e al motivo della sua visita in un altro momento, perché la mia priorità era Max.

Proprio in quel momento, Beck uscì dal suo ufficio. *Perfetto.* "Beck?" lo chiamai.

Diretto verso la cucina, si fermò e si voltò. "Sì?"

"Ti dispiace se ti rubiamo l'ufficio per qualche minuto?"

Ci guardò con aria perplessa e poi annuì. "Nessun

problema. Tanto devo andare dal ferramenta. Prendo giusto la giacca."

Tornò dentro e poi ci invitò a entrare. "Tutto vostro. Torno tra un po'."

Come si chiuse la porta alle spalle, il mio livello d'ansia schizzò a undici su una scala da uno a dieci. Immaginare quella conversazione era decisamente molto più facile. Dovevo trovare il coraggio di dirgli che mi sentivo pronta a dargli una chance.

Restammo davanti alla porta, mano nella mano e occhi negli occhi. Non ci vedevamo da giorni e il ricongiungimento inaspettato mi aveva fatto venire le farfalle nello stomaco. Gli studiai attentamente il volto, gli occhi chiari come il giaccio e i lineamenti cesellati e virili. La mascella non rasata mi faceva impazzire.

"Beh, è stata proprio una sorpresa," commentò.

"Vedere mio padre, intendi?"

"No, tu."

"Cioè?"

"Hai smesso di ignorarmi," precisò, con un sorrisetto che mi fece surriscaldare tutta.

"Avevo intenzione di chiamarti oggi, ma ora sei qui."

"Già. Che volevi dirmi?" La sua voce ruvida mi provocò un brivido lungo la schiena. Un istante dopo, si voltò completamente verso di me.

Ah, *quell'uomo*! Ogni volta che ce l'avevo così vicino e sentivo tutte le sue attenzioni su di me, mi sentivo sciogliere. Corpo e cuore diventavano sua proprietà esclusiva. Le mie emozioni minacciavano di esplodere da un momento all'altro. Provai a fare un bel respiro, ma mi sentivo mancare l'aria. Avevo il cuore a mille ed ero tutta un fuoco, avvolta da alte fiamme di desiderio e passione.

"Volevo dirti che avevi ragione," risposi infine, in un sussurro strozzato.

"Su cosa?"

Oh, cielo, mi avrebbe costretta a dirlo esplicitamente.

"Ho capito che devo darti una possibilità." Dare voce ai miei desideri più profondi si stava rivelando molto più difficile di quanto avessi mai immaginato. Concretizzarli faceva una paura terribile.

Il suo sguardo si fece tanto intenso da bruciarmi l'anima.

"Oh, grazie al cielo," mormorò, con un grugnito.

Neanche mezzo secondo dopo, premette la bocca alla mia e mi trasportò in un bacio avido e febbrile. Riversammo tutti quei sentimenti repressi in ogni carezza della lingua, in ogni morso, in ogni respiro fuso insieme. Finalmente avevo aperto la diga che teneva a bada le mie emozioni, che fuoriuscirono come un fiume in piena.

Certe volte, le parole non bastano.

La sua lingua trovò di nuovo la mia e un grugnito gutturale scappò. Mi infilò una mano tra i capelli, mentre con l'altra palpava il sedere per premermi a sé. Sentivo l'erezione calda e dura contro l'apice delle cosce.

Si staccò dal bacio e mordicchiò il labbro inferiore, per poi poggiare la fronte alla mia.

"Mi fai impazzire, Harlow," mormorò sulla mia bocca.

Un'onda di emozioni mi travolse e lacrime calde mi salirono agli occhi.

Max sollevò la testa e mi guardò con aria preoccupata. "Che c'è che non va?"

"Niente," risposi prontamente, scuotendo la testa

mentre mi asciugava una lacrima con il pollice. "Sono solo sopraffatta dall'emozione. In senso positivo."

La tensione sul suo volto si sciolse un poco. "Per tua informazione, non so neanche io cosa sto facendo. So soltanto che oggi dovevo vederti. La tua assenza mi stava facendo uscire di testa. Ho provato a darti spazio, ma a quanto pare non sono molto bravo."

Mi scappò da ridere. Vedere un uomo come Max Channing, talmente ricco da avere il mondo intero a portata di mano, così smarrito e insicuro mi procurava un certo senso di sollievo. Si trattava di un'esperienza allo stesso tempo incoraggiante, sconvolgente e buffa.

Con un sorrisetto sulle labbra, si strinse nelle spalle. "Non mi vergogno ad ammettere che mi tieni in pugno." Il suo sguardo si incupì mentre mi spostava i capelli dal viso, facendo scivolare le dita tra una ciocca che portò dietro l'orecchio. Un brivido si sprigionò da quel minimo punto di contatto e mi venne la pelle d'oca.

"Temevo di aver detto troppo, troppo presto," mormorò.

L'emozione mi serrava la gola, ma feci un bel respiro e ressi il suo sguardo. "No, non l'hai fatto. Mi hai dato la spinta di cui avevo bisogno." Feci una pausa per ricompormi. Dentro di me si stava scatenando un violento tornado di emozioni che mi destabilizzava, ma soprattutto ancora non riuscivo a credere di avere Max lì di fronte a me.

La sua presenza era imponente, travolgente. Un suo semplice sguardo bastava a lasciarmi completamente senza fiato, a farmi venire il capogiro.

Per quanto avessi davvero deciso di chiamarlo proprio quel giorno, ancora non avevo trovato cosa dirgli. In quel momento, avvolta dal calore del suo corpo, con una delle sue mani sulla natica e l'altra nella curva del collo che carezzava il punto in cui il cuore martellava all'impazzata, non riuscivo assolutamente a ragionare. Il mio cuore stava sbraitando, battendo i piedi per terra per farsi sentire sopra la cacofonia di pensieri che di solito lo sovrastavano.

"Non pensavo mi sarei innamorata di te." Furono quelle le parole che scivolarono via dalle mie labbra senza permesso. La confessione mi fece tremare di paura. Nella vita non avevo fatto altro che amare persone che in cambio non mi avevano dato niente, ma riuscivo comunque a illudermi e trovare l'amore in ogni piccolo gesto insignificante.

Due fiamme ardenti gli illuminarono gli occhi. "Non devi sentirti costretta a dirlo finché non ti senti sicura."

Qualche giorno prima, anche lui mi aveva detto la stessa cosa e gli avevo detto che era troppo presto. In realtà, ormai era passato più di un anno da quella notte indimenticabile che aveva legato i nostri destini. Il mio corpo e il mio cuore avevano visto subito il potenziale che c'era tra di noi.

I motivi che mi avevano spinta a temere il concetto di amore erano molteplici, ma non potevamo lasciare spazio al dubbio. Scossi la testa. "Lo so, ma l'ho detto perché è così. E non mi sto innamorando di te, ti amo già."

Non ebbi tempo di aggiungere altro perché Max mi carezzò le labbra col pollice e poi mi baciò, trasportandomi in un altro bacio bollente e passionale. Poi si voltò e mi spinse contro la porta, sollevandomi perché potessi passargli le gambe attorno alla vita. Reggendomi con una facilità assoluta, tracciò una scia di baci ardenti lungo il collo.

All'improvviso, qualcuno bussò alla porta e mi

riportò violentemente alla realtà. Max si staccò dal bacio, ma ancora non mi lasciò andare.

"Beck," disse la voce di Cade, in corridoio.

"Oddio," sibilai. "Mettimi giù."

Con un sorriso, mi lasciò andare. Feci un bel respiro per provare a ricompormi e mi girai per aprire la porta, quando la voce di Maisie riecheggiò nell'aria. "È andato dal ferramenta."

"Beh, potevi dirmelo prima," rispose lui, allontanandosi dalla porta.

Mi voltai verso il sorrisino malizioso di Max.

"Forse è meglio se andiamo," mormorai, sperando di non essere troppo rossa in viso.

"Ti prego, dimmi che per oggi hai finito di lavorare," disse, guardandomi con occhi famelici dalla testa ai piedi, soffermandosi sui capezzoli turgidi che lo salutavano da sotto il tessuto.

Annuii. "Sì, stavo giusto per tornare a casa."

"Allora andiamo."

Qualche minuto dopo, mi sedetti nella sua nuova macchina. Un SUV nero, ovviamente un ibrido, super tecnologico e dotato di qualunque comfort possibile e immaginabile. Mi ricordava un po' l'auto di Owen, quella in cui ci eravamo conosciuti quando Max era passato a prendermi per portarmi alle loro nozze.

Non pensavo che avrei mai provato tanta nostalgia al ricordo di un veicolo. Mi voltai verso di lui e gli chiesi, "L'hai comprata qui?"

Mi lanciò un'occhiata e svoltò sulla Main Street, diretto verso casa mia. "Tecnicamente sì, ma ho pianificato la consegna dopo aver finalizzato l'acquisto della nuova azienda. Dovendo rimanere qui per un bel po', avevo bisogno di un mezzo per spostarmi. È arrivata giusto qualche giorno fa."

Soltanto allora mi resi conto che avrei potuto prendere il mio pick-up, che avevo lasciato in caserma. Incantata com'ero, fu un vero miracolo che avessi preso il cappotto e la borsa.

"Ho lasciato la macchina lì."

La risata profonda di Max mi fece venire i brividi. "Non ti serve."

Capitolo Trentadue

HARLOW

Il tonfo della porta d'ingresso che si richiudeva risuonò nella stanza. Senza perdere tempo, Max mi prese per mano e ci capovolse, premendomi contro il legno. Mi baciò con passione, riprendendo esattamente da dove ci eravamo fermati nell'ufficio di Beck.

Con le sue labbra calde sulle mie, mi arrampicai sul suo corpo muscoloso e gli avvolsi le gambe attorno alla vita. Gli gettai poi le braccia attorno al collo e mi abbandonai alla più totale follia. Tutte quelle sensazioni ed emozioni che avevo provato ad annegare erano tornate a galla e mi stavano travolgendo come un'onda anomala.

Max si staccò dalle mie labbra, tracciando una scia di baci che dalla mascella saliva fino all'orecchio, che stuzzicò con la lingua. Un brivido di eccitazione mi pervase e il desiderio si faceva sempre più impellente.

Cominciò a sbottonarmi la camicetta, leccando dolcemente l'osso della clavicola. Gettai la testa all'indietro e mormorai, "Hai troppi vestiti addosso."

La sua risata mi solleticò la pelle. "Pure tu, sai,"

rispose, sollevando la testa con due fiamme negli occhi. "Meglio risolvere al più presto."

Fece un passo indietro, ma non riuscivo proprio a staccarmi da lui. Ma se davvero volevo liberarmi di tutti quei fastidiosi vestiti, allora non avevo scelta. Provò a mettermi giù, ma lo strinsi più forte. "Non voglio lasciarti andare."

Quel momento di passione si caricò di emozione e venni travolta da un senso di vulnerabilità.

Max mi carezzò la guancia, facendo scivolare il pollice sulle labbra. "Che succede?"

Scossi la testa, mandando giù il groppo alla gola. "Mi sembra quasi di soffocare," risposi, la voce strozzata.

"Capisco."

C'erano così tante cose che avrei dovuto dirgli, ma era tutto troppo reale e intenso. In quel momento, avevo bisogno di perdermi in quel vortice di sensazioni che ci turbinava intorno. Come se mi avesse letto nella mente, Max mi strinse a sé e si voltò dalla porta.

"Una cosa alla volta," mormorò, solleticandomi la tempia col respiro. "Adesso, però, ho bisogno di farti mia."

"D'accordo, proprio quello che voglio anche io," dissi, quasi senza fiato.

Mi lasciò andare e ci spogliammo in fretta e furia. Le sue mani presero a esplorare il mio corpo, mentre le labbra, i denti e la lingua stuzzicavano la pelle mentre ricadevo sul divano. Era tutto perfetto. La barbetta che grattava sul seno, i denti che si stringevano attorno a un capezzolo. L'incredibile sensazione del suo peso sul mio corpo, il piacere intenso quando affondò le dita nel mio sesso, incurvate un poco per toccare il punto giusto e farmi godere come non mai.

Le sensazioni travolgenti mi facevano girare la testa. Mi ero resa conto di una cosa, ovvero che con Max ero sempre riuscita a lasciarmi andare completamente, senza mai trattenermi.

Fremevo tutta, mentre il piacere si irradiava in tutto il corpo. Aprii gli occhi proprio quando Max si allungò su di me, posizionandosi tra le mie cosce. Ci eravamo accontentati del divano, senza neanche provare a salire in camera da letto. Ormai la pazienza era finita.

Affondò dentro di me con un colpo secco, il suo sguardo ardente fisso nel mio. Pelle contro pelle, cuore contro cuore, mi riempì completamente. Appena cominciò a muoversi, una scarica di piacere mi pervase tutta.

Quell'intimità che mi aveva sempre terrorizzata faceva ancora un po' paura. Tuttavia, mi aggrappai a quel suo sguardo familiare per riuscire a superare insieme la tempesta. Avvolta nella sua forza e nel suo calore, mi sentivo al sicuro. Con ogni spinta mi portava sempre più vicino al limite, il secondo orgasmo più vicino con ogni secondo che passava.

Portò una mano tra di noi e fece pressione sul clitoride, finché non esplosi di nuovo. Col mio nome sulle labbra, si riversò in me mentre ancora tremavo dal piacere.

Gli cedettero le braccia e provò a rotolare via, ma gli avvolsi le gambe attorno ai fianchi per tenerlo fermo. "No, mi piace sentire il tuo peso addosso."

Si sollevò un poco sui gomiti e mi guardò. "Ma a me non piace schiacciarti. Così va bene, no? Mi pare un buon compromesso," mormorò, spostandosi appena per poggiarsi meglio sul divano.

Restammo in silenzio per un po'. Distrattamente,

disegnavo dei cerchietti sul suo petto, mentre lui mi carezzava i capelli.

"Quindi per Natale vai a Diamond Creek?"

Mi spostai un po' per guardarlo in faccia. "Sì, il piano è quello. Tu, invece?"

Quando non ero preda delle fiamme della passione che ci divoravano, la realtà tornava a colpirmi con tutta la sua forza e un senso di angoscia mi chiudeva lo stomaco. Proprio in quel momento, mentre i suoi occhi studiavano i miei, sentivo qualcosa di pesante sul petto.

"Oh, ci sarò pure io. A meno che tu non voglia. Però non cederei molto facilmente, sappilo," disse, con una risata.

Il sorrisetto furbo e il luccichio malizioso che aveva negli occhi mi strapparono una risata, placando quell'ansia che mi stava soffocando. "Non ti direi mai di non venire. Perché ti sei fatto questa idea?"

Si strinse nelle spalle. "Oggi non sapevo proprio cosa aspettarmi. Sono venuto qui per farmi valere e sono davvero grato che si sia risolto tutto così presto. Però non so se magari *tu* vuoi prendere le cose con più calma."

Mi esplose il cuore nel petto, come se volesse fuggire dalla cassa toracica. Provai un senso di libertà immenso. "In realtà non ci ho ancora pensato bene, ma vediamo come va il Natale, che dici?"

Chinò la testa e posò le labbra sulle mie. "Forse però è meglio parlare anche del resto, prima che cominci a tormentarti."

"E tu che ne sai?" gli chiesi, in tono quasi divertito. Però in realtà era quasi inquietante che fosse riuscito a capirmi a un livello tanto profondo in così poco tempo. Con un'infanzia incerta come la mia, senza più l'unico punto di riferimento che avevo sempre avuto, ovvero mia madre, avevo cominciato a pensare sempre al futuro, vivendo nel costante timore dell'ignoto.

Ero riuscita a crearmi una vita in cui riuscivo a gestire gli imprevisti. Ancora non sapevo come inserire un uomo in quell'equilibrio che avevo trovato, tantomeno l'uomo di cui mi ero innamorata.

Per quanto l'intensità dei miei sentimenti mi spaventasse, e avrebbe continuato a farlo almeno per un po', ero sicura al cento per cento di amarlo. Ormai nessuno sarebbe più riuscito a tenermi lontana da lui. Tuttavia, c'erano alcuni problemi logistici che ci toccava tenere in considerazione.

Era come se mi avesse letto nella mente. "Se vogliamo davvero stare insieme, allora c'è qualche problemino pratico da risolvere. Non voglio metterti pressione, quindi che ne dici se rimango ad Anchorage finché non decidi cosa vuoi fare? Verrò a trovarti il più possibile. Una soluzione la troviamo."

Probabilmente ero rimasta a bocca aperta, perché mi rivolse un sorriso mesto. "So che ti piace questo posto e non voglio strapparti via da qui. Magari non ci crederai, ma la vita in città non fa per me. So che da qui mi toccherebbe viaggiare molto, ma non sarà un problema. Insomma, alla fine anche Owen ha fatto la stessa identica cosa. Sto cercando di farti capire che sono pronto a tutto pur di stare con te."

Quelle emozioni che pensavo di avere sotto controllo esplosero di nuovo. A quei dettagli non ci avevo ancora pensato, soprattutto perché non ero mai riuscita ad accettare i miei sentimenti per Max prima di quel momento. Di certo non mi aspettavo mi venisse incontro a quel modo.

Altre lacrime mi salirono agli occhi e Max me ne asciugò via una dalla guancia. "Non volevo farti piangere."

Mi scappò una risata. "Era una lacrima di gioia, sai. Mi piace stare qui, ma troveremo una soluzione che funzioni per entrambi. Se devo trasferirmi a San Francisco, allora sono pronta. È una città che amo."

"Ora però mi rendi tutto più complicato," rispose Max, con un ghigno.

EPILOGO

Max

Natale, un anno dopo

Sollevai lo sguardo e vidi Harlow che entrava nel ristorante del Last Frontier Lodge. I capelli lucenti le ricadevano sulle spalle e indossava lo stesso vestito che aveva quando ci eravamo conosciuti, un abitino in seta color panna che carezzava tutte le curve. Non era molto invernale, ma in effetti sarebbe rimasta all'interno per tutto il tempo.

Era passato un anno intero dal nostro primo Natale insieme e aveva insistito tanto perché lo celebrassimo di nuovo lì. Avevo accettato volentieri, anche se in fondo non sarei mai riuscito a dirle di no. Lucine festive brillavano in tutta la sala. Le finestre si aprivano sulla foresta di abeti, di cui molti erano decorati con altre luci che risplendevano nell'oscurità e illuminavano i fiocchi di neve che cadevano dal cielo.

Seguivo Harlow con lo sguardo, incantato dall'ondeggiare ritmico dei fianchi. Con un movimento aggraziato della mano, si spostò i capelli dietro la spalla. Quando mi raggiunse al bancone del bar, abbandonai tutte le buone maniere. Le avvolsi un braccio attorno alla vita e le palpai il sedere per spingerla tra le mie gambe.

Fece una risatina delicata e sbuffò. "Ehi, Max! Lo sai che siamo in pubblico, vero?"

"Ma certo che sì. Però non potrebbe fregarmene di meno," mormorai, baciando le sue labbra carnose. Ricambiò subito il bacio, senza più protestare, e intrecciò la lingua alla mia.

Comunque aveva ragione. Non potevo permettermi di perdere l'autocontrollo, perché quando mi baciava per me non esisteva nient'altro che lei. Dovevo farmi bastare giusto un assaggio, altrimenti sarebbero stati guai. Quando mi staccai dalle sue labbra, notai le guance arrossate e gli occhi ardenti.

La voce divertita di Garrett spezzò la magia. "Vuoi qualcosa da bere, Harlow?" Mi voltai e mi fece l'occhiolino. "Scusate l'interruzione."

"Un martini al melograno, grazie," rispose lei.

"Lo stesso che hai preso al matrimonio," affermai.

"Te lo ricordi?" mi chiese, con aria stupita.

"Ma certamente. Ricordo ogni minimo dettaglio che riguarda te." La strinsi a me, assaporando il calore del suo corpo.

Garrett le porse il bicchiere e lei mi lasciò andare, per sedersi sullo sgabello accanto a me. Poco dopo, ci raggiunsero anche Ivy e Owen. Avevamo promesso ai miei genitori che saremmo passati per Capodanno, ma ormai ero piuttosto certo che avremmo passato tutti i Natali lì al lodge.

Era tra i posti preferiti di Harlow e, dati i ricordi che avevamo creato in quel posto, era anche tra i miei. Inoltre, i nostri migliori amici vivevano proprio lì a due passi.

"Ehi," disse Owen, accanto a me.

Mi ero perso nel calore della mano di Harlow, che stavo stringendo. "Come scusa?" gli chiesi, girandomi a guardarlo.

"Ne è valsa la pena?" ripeté.

Si stava senz'altro riferendo alla conversazione avuta un anno prima, quando mi aveva detto di buttarmi se pensavo che per Harlow ne sarebbe valsa la pena.

"Assolutamente. Sposarla subito è stata la scelta migliore che abbia mai fatto in vita mia."

In realtà, la proposta di matrimonio non l'avevo neanche pianificata. Ma come sempre con Harlow, la mia propensione all'organizzazione e alla precisione era andata a quel paese. Una mattina di primavera, eravamo usciti molto presto per un caffè in centro a Willow Brook. Proprio qualche ora dopo, avevo un aereo per San Francisco. Avevo comprato l'anello settimane prima, con l'intenzione di chiederle di sposarmi quando si fosse presentata l'occasione perfetta. Ebbene, quell'occasione l'avevo trovata al Firehouse.

Per pura coincidenza, quella stessa mattina avevo scoperto che Janet James aveva un permesso per celebrare matrimoni. Appena Harlow aveva pronunciato quel delizioso *sì,* avevo insistito perché Janet facesse gli onori.

Owen ridacchiò e si voltò verso Ivy, seduta accanto a lui, e poi Harlow. "Te l'avevo detto. Quando è la donna giusta, non c'è niente di più facile."

"Eh, già. È stata la decisione più semplice della mia vita."

Nell'ultimo anno ne erano successe tante. Per prima cosa, avevo scoperto che Harlow era una donna molto indecisa. Non si era mai decisa su dove andare a vivere insieme, quindi alla fine avevo optato per restare a Willow Brook, perché tanto mi veniva facile muovermi fino ad Anchorage.

Gli altri viaggi di lavoro li pianificavo sempre durante i periodi in cui lei partiva in missione. Non mi piaceva immaginarla in situazioni così pericolose, ma amava il suo lavoro e non potevo che accettarlo.

Qualche settimana prima, mi aveva detto che si sentiva pronta ad allargare la famiglia. Prima che potessi dirle che con un figlio sarebbe stato praticamente impossibile continuare a svolgere un lavoro come il suo, aveva messo le mani avanti.

Non ci restava altro che capire come procedere da lì in avanti. Per la gravidanza, ancora non aveva smesso di prendere la pillola, ma avevo comunque cominciato a darmi da fare, giusto per fare pratica.

Le strinsi forte la mano e la attirai a me, poi chinai la testa e le posai un bacio delicato sul collo, assaporando quel sentore di vaniglia e miele che aveva sempre addosso. "Quand'è che possiamo abbandonare del tutto le buone maniere?" mormorai.

HARLOW

Alle parole di Max, sentii le guance in fiamme e un brivido mi scese lungo la schiena. Nonostante fosse passato diverso tempo, riusciva a farmi sempre lo stesso effetto. Anzi, più stavamo insieme e più lo desideravo.

Sollevai la testa e incrociai i suoi occhi, in cui brillava un luccichio di malizia. "Sono arrivata giusto qualche minuto fa."

Si strinse nelle spalle, impassibile. "Allora aspetto."

Mi passò un braccio attorno alla vita e trascinò il mio sgabello più vicino al suo. Passammo la serata a ridere e chiacchierare con i nostri amici, circondati da lucine natalizie. Era il secondo Natale di fila che potevo passare insieme a persone che amavo e che mi amavano.

Probabilmente Max non avrebbe mai capito quanto fosse importante per me. La vita mi aveva davvero fatto un dono meraviglioso. Il rapporto con mio padre non era migliorato molto, ma perlomeno avevamo cominciato a parlarci più spesso, nonostante avesse capito che non sarebbe mai riuscito a convincermi a lavorare per lui.

Max non dovette aspettare molto, perché nemmeno io riuscivo a essere tanto paziente. Quella notte, dopo l'ennesima sessione di sesso appagante, stavo ammirando il panorama notturno dalla finestra. La neve aveva praticamente smesso di cadere, giusto qualche fiocco continuava a volteggiare nell'aria, brillando tra le lucine colorate che circondavano il lodge.

L'aurora boreale risplendeva debolmente in lontananza. "Guarda," mormorai, indicando le sfumature tenui di rosa e viola.

Max arrivò alle mie spalle e mi avvolse le braccia attorno alla vita, chinando la testa per stamparmi un bacio sul collo. "Te?" mi chiese.

"E dai, non essere ridicolo. L'aurora," sussurrai, sussultando un poco quando la barbetta mi grattò la pelle.

"Ah, non l'avevo neanche notata. La tua bellezza è abbagliante."

E così, mi sciolsi ai suoi piedi.

A seguire, la storia di Holly e Nate in Brucio Per Te. Due amici ricevono una seconda chance per trovare l'amore! Holly è sempre pronta a tutto per una buona causa. Finché Nate non vince un appuntamento con lei a un'asta di beneficienza. Nate riesce a farla impazzire come non mai. Oh, ma ovviamente è il migliore amico di suo fratello. Perché dev'essere tutto sempre così complicato? Non perderti la storia di Nate – Preordina ora!

Prenota usando 1-Click: Brucio Per Te

L'AUTORE

J. H. Croix, autrice bestseller americana, vive con il marito e due cani molto viziati in una piccola cittadina del Maine. Croix scrive romanzi contemporanei da capogiro, con eroine grintose e maschi alfa che non hanno paura di mettere a nudo le proprie emozioni. Il suo amore per i borghi suggestivi e i loro abitanti traspare dalla sua scrittura. Lasciatevi trasportare nel mondo turbolento dei suoi romanzi bestseller!

jhcroixauthor.com
jhcroix@jhcroix.com